我跟你說 你不要 跟別人說

蔣亞妮

【推薦文】

專屬土星的謹慎與溫柔

吳曉樂

我曾跟亞妮埋怨過，散文令我不適，這文類太近逼我的心，我厭煩於不能像小說一般，給這些憂傷與嫉妒指派給一個新的名字，悉數都得以我之名。亞妮則不，她或許沒察覺，但我是悄悄地，貨真價實地欽敬著她，她經久得考掘著事故現場，以一種繾綣，徐緩的手勢，蒐集散落於生活的大小跡證，並替每一分愛憎打上標籤，她的，都是她的，不問美醜好壞，優雅的狼狽的，她都認了。這裡的認，有認命的蒼涼，也有認領的坦蕩。

我最最驚豔（也妒羨）的莫過於她屢屢以一種羅德之妻的精神回望生命中的災厄與變異，如〈我跟你說你不要跟別人說〉，寫她跟某任室友，也寫女性密友稠纏情誼的困境：得以大量的秘密作為快速通關，搶進了方舟，才驚覺裡頭早已荒廢，應許的奶與蜜原來是失樂園。這是一場人情的葬禮，亞妮卻緩緩鋪述，生前的明媚時光，有誰膽敢承認，傷害蒞臨以前，我們也快樂過。即使糖衣化去，苦毒現形，她亦不否認，我們曾品嚐到甜。

她的凝視與還原不是為了鬥爭，而是成全日後的遺忘。此刻負重前行，是為了有朝一日能歲月靜好。

亞妮的書寫常讓我想起看過的舞者紀錄片，你見她在舞台上完成絕倫一跳，輕盈得彷彿在凌空中瞬間靜止。容我提醒你，別被她臉上的從容給勾去，她只是把血與瘀傷收藏得很體面。讀她的文字你要把所有感官都調到敏銳，去察覺她的現與隱，去辨識她那「舉重若輕」、「越唯心就越違心」的迴旋。她先如蘆葦葉尖撩著讀者的認讀，讓你預期有著什麼要翻覆跟傾毀了，她戛然止住，不過界就是不過界，僅在某些字行讀者能篩到一些星落的線索，拼湊出她的體內有個微微暴力、矛盾的小傢伙，渴望失禮但沒有，想惡毒也只是偶爾，歇斯底里也含蓄。這是土星的謹慎與溫柔，亞妮人喝全糖，但書寫與做人嚴守半糖主義，在這個情感泛濫而流於麻木、人們不假思索地以「毫不保留」作為褒詞的年代，她只淺蟄你的六竅，或許更少，留得幾分混沌跟餘地，你的一切知覺反而於焉清晰了起來。

如亞妮所言，「我所翻滾的時代早沒有傳奇」。瘟疫，戰爭與流離都與我們隔著攝影機的距離；在這「自我定位」把人群擠出一身焦慮，熱訊更易得飛快的紀元，人們宛遭蠱惑，此生得成為傳說，亞妮暗示你，不，請別，還有一種平凡，值得你對號入座。座位確實無奇，坐下的瀟灑倒不能省卻。《霸王別姬》有句經典台詞，「要想人前顯貴，必得人後受罪」，亞妮還之以「感謝永遠有人比我早慧，比我識相，比我甜美」，美哉斯言，多想把這句話給鐫刻在，所有給新生兒的祝福之上。她循循善誘：平凡之路也是一條康莊大道，你，從此，不必再承受著特別的磨難了。你的磨難也會跟你一樣平凡，像是打電動，沒必要為了挑戰高難度的關卡，而讓自己永遠被困在同一關。

她贖回並仔細擦亮的字眼，除了「平凡」，也包括「通俗」，輯三「不務正業的那些事」，是晚近散文的一抹痛快的異色，她取得平衡基調，雅俗不僅共賞，更是共爽。除此之外，她更是深諳物質文明背後的精神性，看她寫包，寫衣裳，寫吃飲，亦是盡興。

亞妮的洞察，宛若錦囊妙言，尋常時刻任你握在掌心，觀其繁複織工，等到某年某月你遇見了誰，再拆解其中字句，方後知後覺，有人早早為你解災，而她之所以能解災，除了一些靈犀、幾回受難，更有她漫長綿密的推理。她不怕消融，也不畏懼物是人非，她偵測，適應與變幻，追求趨吉避凶跟安身立命。從《請登入遊戲》、《寫你》至《我跟你說你不要跟別人說》，她行筆漸如羚羊在荒岩上飛躍，瞻之Max Mara，忽焉Uniqlo，先揪出心中的鬼，又提醒妳，會有狗的。喚你登入遊戲，又叮囑你登出也不賴。然而，讓我泛淚的莫過於，她以繁複地層裹藏著高熱的地核，但在核心之中，依舊住著一名少女，少女降生在煽情之前，世故之前，永恆之前，還沒有遇到太多人，對於自己，仍充滿了愛與信賴。

最後，借蘇珊・桑塔格的一段話實踐我節制的抒情，「親愛的，請繼續寫。你的信一定會寄到我這裡來，你可以用你真正的、小得不能再小的字體。我會把它拿到燈前來看。我會用我的愛將它放大。」

【推薦文】

知的後悔／狐狸先生凝望著狼

蕭詒徽

I.

四月一日君尋從學校二樓的窗台摔下來，不知道昏迷多久。清醒之後，他終於得知自己傾心多時的小葵同學天生帶有使身邊的人不幸的體質。這是CLAMP《xxxHOLiC》第十集。才不過兩冊單行本之前，四月一日剛從摯友百目鬼身上繼承了能看見不詳的眼睛，但一直一直到了差點失血而死的此刻，他才真正看見了，纏繞在小葵身上的、黑色的厄運團塊。

小葵笑著對他說，你終於發現了啊。

自以為溫柔的四月一日躺在床上，睜著「看得見」的右眼，張口想說什麼，但難得詞窮。那是我看過的漫畫裡最好的詞窮——四月一日嘴上說「沒事了」，一邊欲蓋彌彰地想：已經沒有辦法，回到還沒有看見的時候了。

那就是亞妮這部新作裡我最後讀到的一篇作品〈請登出遊戲〉裡寫的，多年後回到以前常待的咖啡廳，店裡沒變，但自己這些年卻已經識得了店內物品的牌子，像日本民俗學裡所謂「真名」：原來，年輕時的自己覺得舊得無害的店中擺設，不是名牌、就是骨董。知道了更多，人生好像該更好，然而人是要因為這樣而悵惘的。《我跟你說你不要跟別人說》裡，亞妮一方面像唐諾寫他親臨景點才發現圖片裡著名的雄偉雕像原來那麼小、那樣置之一笑；另一方面，也像《超級狐狸先生》停下機車，回望遠處山丘上的狼，換了好幾種語言也無法與那匹野生的狼對話——文明了的狐狸先生最後像一個欣慰的笑話般掉了淚，說：多麼美的生物啊。

II.

後來才知道，這樣的故事原型要老可以老到聖杯騎士傳說《帕西法爾》：年少無知（噢或者，依亞妮書裡寫的，該用清狂）年少清狂的帕西法爾夢想成為圓桌騎士，經過重重試煉、服膺道道規矩，終於進入城堡（亞妮寫：殿堂），見到國王（亞妮寫：魔王）。重病的國王身上有詛咒，唯有被真心關懷自己病情的人一聲慰問才能破除咒語。帕西法爾心底仍是那個清徹少年，非常想出言關心國王，然而圓桌武士依戒律是不能以下犯上、貿然發言的。然後國王就死掉了，一整個王國淪陷，只因帕西法爾不再懵懂。

「知道」可能使人變髒，變錯。然而，沒有任何無知的人會夢寐以求無知。唯願孩兒愚且魯的必然是蘇軾。想要無知的，總是有知的、已知的人。

亞妮已經知道了什麼？

有人談她前兩部作品是以寫渡劫，我讀來卻覺得像以寫尋仇。其中有幾個命題像書頁下的異物，一撫按就現形：《請登入遊戲》側重的原生身世、《寫你》側重的後天人際，此外有寫作觀（她常提自己於寫作是半路出家，對此偶爾有血統論的自疑、偶爾珍視自己非典型的思路）、有美學觀（我尤其喜歡她點到即止地寫吃。吃放在親情、愛情或陳俊志旁邊不得不成配角，可淡淡幾句寫到吃時她傲氣畢露）。其中，她描述親密他人，能讓外人也感覺自己腳下是薄冰——寫某前戀人帶她吃美式漢堡（〈寫你・水木清華〉，P34），結果原來她自小恨漢堡（〈請登入遊戲・交換時間〉，P46）；寫（應該是）另一名前戀人帶她到名店吃海鮮，結果發現他吃生魚會作嘔，排隊只為了她，而她恨這種擅自壯烈的溫柔（〈寫你・築地三點的熱咖啡〉，P182—183）。也是在寫序前讀她前兩本書，我才不知有漢地看到，原來她恨別人說她長得像別人，就寫在第二本書內文的第二頁……而我回覆她邀序的訊息，第一句話就是：欸我覺得妳長得好像薛詒丹。

每個人都在她心裡犯錯。直到她寫了，大家才曉得。

原本想用刀來比喻，但在這本新作中，她已把這整件事稱為「眼皮下暴力的小東西」（〈有女初長成〉，P62）或者「獸角、獸心」（〈微微一笑很傾城〉，P208）。當她寫她要「安撫那個暴力的小東西」，意思是，她要壓制以寫糾正世界的衝動。

字比人鋒利，寫比說無情，大抵寫過東西的人都會在某時某刻頓悟這一點。頓悟以後回首，一切都是上輩子，〈周處除三害〉那樣在同一次人生裡再世為人終究是童話。唔，原來第三害是自己，亞妮在這本書裡處理這種知之後的後悔，一面慶幸獸心已馴，卻也嘆惋某些曾以寫作尋的仇、賭的氣，當初一賭就起手無回了。

都說要報仇就不要後悔。然而報仇當下往往是自認決不後悔的。只是報了仇之後人還會變，要是剛好變得仁慈一些，很多事情就忽然太遲了。

III.

仇因何結，一事歸一事。但如果能把作品裡的敘事者和亞妮相提並論，那麼一直到這本書，我都仍從各個作品中讀到一種貫串的糾結，在她對「平凡」，或說「普通」的態度：

一方面，她在三部著作中所描述的自身家庭背景並不普遍，這讓她在作品中某些部份展示了對相較之下「普通人的境遇」的挑釁和困惑；同時，她卻在作品的其他部份，對這種普通的生活抱持著好感和欣羨：

「百合躺在月子中心的大床上，泛著一股奶和血的味道，我抱著百合的女孩，百合的丈夫收了一些衣物回家清洗，我想開口說些什麼時，卻沒有任何詞彙，但此時一切，如此美好。百合前所未有的盛放著，不再是那種細成花束剪去多餘枝葉的脆弱樣貌了。她成為了山林間的百合花叢，成為沒有蓮花座、神仙光暈的凡人，卻是最好的凡人，最好的百合。」——〈寫你．歧路〉，P81

「微微就是我所能觸及懷抱的世界裡，最超現實的存在，學院與文學、研究與書海，涼薄起來，總能攻心入肺；失倫起來，就如那些禁書一樣，他人都成為了地獄。所以更要珍惜俗世，以俗氣護體，或許才能走過

字林極地蠻荒心靈。」──〈微微一笑很傾城〉，P208

她的「不普通」，一開始源自家庭經驗，後來則和「寫作者」的模樣以及「文學」聯繫在一起。在她眼中，會寫的人與他人有本質上的殊異，因而不見得能與塵世的悲歡共通，甚至被賦予責任。而她時常想擺脫「責任」這類無聊的字眼。對凡與殊的矛盾，使讀者在作品中一面享受對她的獵奇觀看，一面戴上這樣的目光審視周遭習以為常的世界（以及自己），生發日常外的樂趣。有時，這種拉鋸會展現在敘述裡對「潔淨」的辯證上，讓我總是停下來思考：為什麼亞妮一邊覺得自己被俗人弄髒，一邊又為自己比較乾淨而感到抱歉？

作為作者／被觀看者，她對此既自傷、也自傲。讀這本書，我發現這份矛盾並沒有消失，也可能作者已經化解但作品尚未跟隨；但這也是我認為這部作品的細緻之處：它不是對糾結的解答，而是作者意識到自己如何被觀看、也「看到了」更多之後，明白即使心中對萬物有自己的理解、也不代表要「寫出來」……就算寫出了事情，亦不代表要連本帶利地寫出自己對事情的完全觀點。

交出故事，但不一定交出心。雖然她用「馴服」這個字眼，但我相信這個轉變並不只是她對她所謂的「獸」的檢討，也包含她對他人的體諒：

告訴別人別去知道，別人只會更想知道。所以，作為一個「已知的人」，能給予他人最大的無聲善待，無非是默默瞞住他們，讓他們慢一點，再慢一點。

IV.

以此理解，第四輯「寫字的人」，便是她對自己所擁有的「寫作」這頭獸、這把刀的再凝視，談寫作與領悟的內外落差；落差，意味著寫作還原記憶／真實的永恆趨近與永不可能，也因此，寫的才能與寫的慾望都只是寫的條件，而不是寫的理由。

第一輯「時間的單位」，她後悔自己太慢領悟寫的反作用力，因為理解誠實的代價並不只由自己支付，進而延伸記憶與寫作與真實可能的敵對關係，既可視為奔三後的鄉愁字典，但同樣作為寫作者，我將其視為她給自己的提醒：

「寫下記憶這件事，就像把寶物從土底掘出，擺在陽光下、送進博物館供人觀看，瞬間補上了千年時間，成了失彩的兵馬俑，寫完的記憶像沖了太多次的茶包，或風乾了的焦黃照片，再碰就要風化。……但我總不甘它在心底永生豔麗，總想把它拿出來寫成了時間的流沙。」——〈不在路上〉，P50

第二輯「戀愛前請詳閱公開說明書」外觀仍像前兩部作品寫愛情，但態度已從細數恩仇化為無有大是大非，甚至甘願如物理學，看待自身如看待一個現象，讀來竟有些放下屠刀的禪意；輯三「不務正業的那些事」呼應首章，字面上看來是要談寫作之外的事，但我從中讀到前述亞妮對「普通俗世」的理解，如今在她筆下，平凡已經是可愛多過可疑了。

雖然《寫你》也有個你，但《我跟你說你不要跟別人說》的「你」的意涵已經移動，新作對象讀者顯然與過往作品不同。一年多前她受金車文藝訪問時說自己寫他人，寫了也不讓被寫的人知道——那時，她預設的讀者是屏除了被寫的人以外的整個世界，是對外的昭告與平反；《我跟你說你不要跟別人說》在作品上，卻已不再忽略被書寫對象的目光：

「如果我能寫下『不喜歡別人總看著我』，那為什麼自己要這樣看著別人呢，會不會他們都不想被這樣寫著與看著？她的問題被我收進包包，無法作答。經過一些日子與更多的字，現在的我勉強能告訴她，是的就是不公平，但不公平不是不正義，請原諒我的不公平。」——〈我跟你說你不要跟別人說〉，P86

我也擅自歡喜於書中的她並未放下寫的驕傲：

> 「終究我還是無法把自己的文字，當成海苔醬或是三島香鬆就飯吃了，每一次的文字模擬，多少都會卸去一些原本的自己。」——〈有女初老成〉，P62

懂得隱藏，不等於拋擲寫作。寫作之為一種工具，拔刀仍要投注心魂，只是不用每次拚命而已。

V.

新作中有個句子把我一直留在書裡。其實在文章結構中那僅是一個陳述背景的說明，她寫：「茖哈絲只一次戀愛，十八歲，就老了。而我卻是很晚，才開始感覺年輕。」（〈有女初老成〉，P62）可從三部作品一路讀來，我對這句話的理解不是老，而是：亞妮很晚才開始當一個普通人。正如她數次引用的榮格，亞妮是作為特別的人、去學習普通的人的一切，然後知道特別既是發光，也是帶刺。

然後再知道了，原來她感到抱歉，正是因為自己特別。

這是她的抱歉，也是文學的抱歉。如果像我一樣任性，或許會有「繼續發光，繼續帶刺」這個選項，但她在這本書中的書寫，顯示她選擇了費力去摸索如何不帶刺地發光。

而她才剛開始懂得當一個普通人而已，那麼全新、那麼少年。

不知何年何月，早在讀她的作品前，我曾在某刊讀到楊佳嫻為《寫你》作的序，一直記著其中引用朱天文〈炎夏之都〉，「有身體好好，有身體好好」。幾年後寫這篇序，想到這句引用，用它作尺，也能量測出亞妮的轉變：讀作品裡她筆下的自己，感覺到的多半是，有身體並不好。因為身體比心靈更不可能完美。如今她把過去念茲在茲的許多瑕疵，和心靈的身世解除連結、勾銷仇怨。病、醜與髒，都不再是命運：

「我漸漸能與這雙手相處，甚至發現它適宜觸摸，觸摸一切不光滑甚近暴烈的質地紋路。」——〈所有的喜歡在抵達愛之前〉，P146

果然，我也是平凡的，平凡得樂於看見和解的結局，樂於把世界想成斜坡、事物一落地自動被賦予朝圓滿運動的慣性。這當然也可能是亞妮意識到世間的喜好之後、有意識的展演也未可知，但至少目前我被這種展演慰藉了。各自宏觀，每一個人都是從狼慢慢變成狐狸先生的，既然都要回望，普通人會想對自己說：欣慰要比遺憾多。

唯一好奇的，只有她之前受訪，提到下一本書會是小說集。如今這本書仍是散文。也許真像她寫道，散文是撿。裁切記憶之前，要再多撿一些。

撿的時候，欣慰地說：多麼美啊。

目錄

推薦序

輯一 時間的單位

輯二　戀愛前請詳閱公開說明書

輯三　不務正業的那些事

輯四

寫字的人

輯一

時間的單位

永恆少女的心事

永恆不是永遠，
停駐在永恆裡的人，需要時間跟運氣，
只願運氣與少女同在。

少女Ｙ與我不常見面，幾個月裡會特意相約一回，其他的時間只有小小頭像會出現在彼此ＩＧ裡冒出的點讚或動態已看過清單。可總有些瞬間，我們會應相通靈感召喚齊聚聊天視窗，不用懷疑，那絕對是最糟的日子。原因不定，可能人間有大難、情愛現小災，或只是受夠了日常的不順。久不穿的鞋子為何一上街就脫底、完好的絲襪不知在哪被扯了長長脫線、上台報告時對方用的電腦不同，格式完全跑掉，生活總是對我們極盡冷笑。在這樣的跌撞中，我們卻能悟得世界的某種形貌，要知道，世界先不溫柔，就別怪人心潑辣。

少女Y：有沒有可能這些低潮，更加證明，錯的是世界！

少女我：世界真的很煩很賤!!

少女Y：世界真的很煩很賤!!!

少女我：好想要回到幼稚園，可以盪秋千，隨地大小便。

少女Y：我要尿尿在游泳池。

少女Y：狂尿那種。

少女我：好，一起把泳池染黃！

可惜就算把世間所有泳池染黃，榨乾所有驚嘆號的原力，也無法改變世界。英國作家毛姆寫過一本以畫家高更為藍圖的小說《月亮與六便士》，主角人至中年，有房有妻有地位，但卻忽然放棄一切，只為一句：「我必須要畫畫。」便孤身出走至死、至病、至蠻荒。月亮代為夢想，六便士是能溫飽的現實，在天空與塵壤之間，人生的路怎麼走，出版至今一百年，人類還沒有破解之道，副本難度又再升級。新的現況是，即使你把夢想全盤放棄，白月光遮成了月全蝕，但經過二次世界大戰與通貨膨漲、英國脫歐的現在，你給路邊的流浪漢六便士，也只能換來他們深深地嘆一口氣。

是世界更大了，還是月亮更遠了，我不知道。但它們看起來，都幾乎接近一種「永恆」。就像我與Y，其實早已不是少女，而是永恆少女。

少女生涯本是夢，我不作少女很多年後，仍繼續在學院熬著學位。一次在課堂讀心理學家榮格（C.G. Jung）談「個體與分離化」。個體化不成功的人，不管到了幾歲，內心總會停留在青少年時期，無法適應成人的角色，成為了「永恆少年／少女」，如遭雷殛。那陣子，遠房堂妹剛好放棄了國外的研究學程返家，她在家族聚會時嘟嘴說著：「一直念書幹嘛，我不想當永恆少女。」我一口熱茶差點噴在無人的廚房，託她的福，瞬間理解並定義了永恆。

永恆作為過去式的追想懷念，絕美。永恆成為進行式，那就變成了新的時態，「永恆進行式」，比恐怖電影可怕。當永恆年輕不能成真時，它是祝福，一旦成真，必淪落詛咒。電影《時空永恆的愛戀》（*The Age of Adaline*）裡，女子因為意外，停在最好的人生時刻，真實將如幻境裡一樣永恆美麗，但她卻得目送所有摯愛，注定無法白首。就像吸血鬼電影裡，永生必與寂寞綁定。我心中前幾名的吸血鬼電影除了《夜訪吸血鬼》（*Interview with the Vampire*）外，必有《唯愛永生》（*Only Lovers*

Left Alive），蒂妲・絲雲頓根本人間吸血鬼、吸血族中認證的高端訂製（*Haute Couture*）。電影裡，吸血鬼戀人相愛千年，文藝憂鬱高貴病氣全都齊集一身，當男吸血鬼亞當陷入某段時間就會發作的厭世週期時，女吸血鬼夏娃會親暱告誡：「你這種自我沉溺完全就是在浪費生命，你本來可以把時間花在更美好的事物上。」

我知道這也是世界對Y、對高更、對永恆少男與少女們、對厭世吸血鬼，甚至是對我說的話。可是當你正困於永恆之中，困於無法善終的愛戀，不能完結的學業與總在局外的不適感時。難道除了生命，還有別的可以浪費嗎？

雙手空空，我是沒有，但有一點私人建議可以分享。永恆加身的日子裡，我學會目送，目送他人前行、目送幸福、目送成功，接受自己在年少的那一頭，翻山越嶺只換來縛地成靈。我與Y平和接受，當我們都不再少女，卻困成了永恆少女（puella aeternus），變身成少女Y與少女我。如此，那些失敗的戀情，虧欠的家人，連動態回顧都想關掉的記憶，敗絮般的內在，都找到了安棲飄放的角落。

最早提到永恆少年少女的人，應該是西元前後的羅馬詩人奧維德，《變形記》裡第一次有神名被召喚而出，遠古兒童之神伊阿科斯（Iacchus），是最資深的永恆少年（puer aeternus）。後來一神化二，神話中新神誕生，祂又成了酒神狄奧尼索斯或愛神艾洛斯。酒跟愛永不會錯，總歸是浪漫的神，永恆真空了浪漫，浪漫屬水，相比少男，永恆少女們或許更靠近海王星。

海王星晃蕩自旋在太陽系的最外，它是一座充滿感性與多樣面目的水行星，就像大海是模糊的氣影，一切尚未成形，海王星人也正是如此。童年時看《美少女戰士》，水手海王星美如夢幻泡影，她與土星是我漫畫中最愛的兩個角色，難分一二。

後來的閱讀與漫談中，海王星人一詞卻成了負面多於正面的存在，演繹了不切實際與逃避現世，和「浪漫」、「夢想」、「讀書」、「藝術」諸多名詞，一起成為貶義修辭。讓我為你示範，比如初識新友，旁人向他介紹起你時，這樣說道：「這我朋友，他是讀書人，夢想遠大，跟我們不一樣。」新朋友一旁點頭：「原來是大藝術家（或可代換為作家／音樂人／演員／畫家／設計師不等）。」翻譯過來大概就是，他的生活親像一場瞑夢或樂團高唱的：「橫豎我的人生甘哪狗屎。」

一場在海王星引力下的仲夏夜春夢，將世界牽引成左右，有月光相對六便士、永恆少女們相對智慧老人（Senex）、夢想相對現實、左派對右派、學院對資本家。而我與世界相對無言。一路行走至三十歲，我一直認為自己是中間偏右的人，也一直尋找這樣的精神或情感伴侶。直到三十二歲的尾巴，異鄉的冬天裡，我忽然檢視起自己做過的每一決定，驚悟其實我尋找的不過是一個可能錯誤的錨定點，就像根底紮在海中，但氣根與樹身皆往岸生長的怪異樹人。人生二選一裡，我練習社交多於社運、熟習品牌精於學派、交的男友務必不能寫作，週末的活動若是講座與午茶，通常傾向後者。但腳下的路，卻還是走成了棄穩定工作而讀書，成為閨密中唯一還沒過母親節的人，更始終無法放下寫作的欲求，卡在中間。我無意夢想，但也無意現實，成為不了海王星人，也做不了太陽。

我的上升與太陽星座，皆是土象星裡的摩羯，在土星座下，我似乎找到了一點點溫暖，即使那溫暖如此近似班雅明所說的：「我的星宿是土星，一顆演化最緩慢的星球，常常因繞路而遲到。」但在憂鬱，淡漠，甚至有點延遲的生命特質明確以後，現在的我終於明白，鬱力可能是我的靈力。

那樣的靈力，就像《幽遊白書》裡幽助的靈丸，隨時間增長能量。當我的生涯或前路延遲不清時，它卻正在心裡越滾越大，或許有一天像貓吐出毛球般，它會成為什麼了不得的東西（比如飛影的燄殺黑龍波），當然也有可能就是一團毛球。但至少，現時的我已能接受毛球，就像接受人在中間的平凡與不適。

新的問題，已不是永恆的延遲，正確的問法應該是，如果我們都很平凡，不管是平凡的海王星人、少男少女或上班族，是否有即使平凡，也要做的事？毛姆的《月亮與六便士》裡說了：「一切取決於你對生活賦予了什麼意義。」有人必得畫畫、寫作、出海與不斷愛人，就像《灌籃高手》的三井壽，他的青春全濃縮成一句：「教練，我好想打籃球！」所以進不了ＮＢＡ、賣不出作品與庸碌無為，還是要做。

雖然榮格說了，個體化的過程，才是長大。但我還是想在月亮與地底的六便士間，找尋另一條出路。平凡如果是一條路，能到出口，不妨走走。就像中二雖然是一種病，若能助你在世界保命，那永恆少女或永恆中二也沒什麼，誰叫大多數美好的事情，在那麼早之前都已逝去。

世界難免暴力失禮，世界確實很煩很賤，而且它也不是你朋友，無法罵哭再罵醒它。但還好我所談論的永恆，依然只是一種比較長的狀態，真實裡找不到吸血鬼也沒有天外奇蹟（讓我們先感謝上帝）。我（暫時）接受自己是永恆少女，永恆少女的心事有許多，多半不能和你說。

如果要說一些些，那就是永恆不是永遠，停駐在永恆裡的人，需要時間跟運氣，只願運氣與少女同在。但永遠呢，永遠需要勇氣，關於永遠，那又是別的故事了。

追光的人

我把文字當作新的身體，用它走近了光源，
發現一個又一個核爆現場，而火光之外，
還有越不過的宇宙射線、到不了的盡頭極光。

不知道一般人，大概都是幾歲走上寫作或讀書這條不歸路的？我曾暗中觀察，我這一代以降，早熟早慧的某些靈魂，大約高中就讀過邱妙津與朱天文，再不然，青春時期讀個幾本張愛玲或三毛、龍應台，也算得上是標準配備。而我從高中直到二十歲前，讀得最多的大概就是漫畫週刊、少女雜誌與八卦小報。直到轉讀中文，一次百無聊賴的上課時間，同學忽然問我：「你有聽說《野葡萄》要收了嗎？」我拍桌大驚，「什麼，你說的是東別夜市裡我最愛的那間麵包店嗎？」同學亦大驚，「妳說的是『葡萄樹』吧？不是在說它。」那麼我便放心了。下週，教授剛好提起諾貝爾文學獎，我身邊同學不死心再問：「那麼，妳有聽過大江健三郎嗎？」我亦不慌忙，虛心請教：「是新的日劇嗎？」

鏡頭調轉現在，同學憑著他不輕易罷休和世界搏鬥的心，成了某集團的首席特助，而我只成了我。但別擔心，在不久的後來我都弄清楚了，《野葡萄》是短命文學雜誌，而大江健三郎與他的文學觀，更成為了我心中最值得尊敬的硬派男子漢，同學卻早已離開這些。

偶然一次飯桌相聚，又坐在身邊的他，不死心再問起當年：「妳當年怎麼可以什麼都不知道，妳到底知道什麼？」如同有隱形虬髯，我撫鬚（不過就是下巴）一笑，事隔多年終於等到他，緩緩開口：「那麼，你有聽過MOS嗎？」

我說的並不是那間日本連鎖速食店，雖然「mountain、ocean、sun」的口號與米漢堡確實都曾在我的人生頻繁洗版，雞塊配日式糖醋醬更是解救了我碩士論文將完未完、長達數月的無盡荒涼。但是，我說的MOS，是「Ministry of Sound」，aka M.O.S.，更是某幾年裡，台北盆地的郊區夜晚裡，那一處如滿月之於狼人般的神祕空間，千人一起跳舞舉杯，樂聲徹夜不眠。同學就是不死心，搶先評語，「我想妳說的就是夜店吧！」

對的，他總是很棒。MOS就是一間夜店，The MOS，每個人的第一間夜店都足夠以「The」冠名，它是我的不讀書時代與冷兵器大展。那時追過的八卦與時尚，都像人情世故的匕首，多半冰冷鑲滿珠寶，未開鋒前依然可以貼身把玩；夜店則像袖裡箭與忍者鏢，獵奇有趣能夜裡生花。曾經以為人生就這樣了，直到文字被通上雷流，開始有人朝我宇宙點燃煙花般的火藥，遠方有原子彈級毀滅一切物事的寫作者，我回頭看看手中劍，沒有留戀就走，冷兵器散落，因為人總會走向最亮的發光體，即使是朝著蕈狀雲走。

但我仍然還是喜歡跳舞的，我補充說明。

身邊同學聽到我喜歡跳舞時，停格片刻便失禮大笑，大笑的失禮程度是我必須先輕巧放下手邊筷子刀叉與金屬吸管玻璃杯，這些不容失手的物件後，再冷面相對：「笑什麼？」

難道江湖規矩，長得很文青，就不能混夜店？

夜店是一個神奇的場域，經常出入其中的人，必會以「混」字稱之，這是堪比香腸就要配大蒜才能對味的修辭法，就像酒吧得用「泡」的、酒店則是用「上」的，都為人生智慧。翻開年表索驥，混夜店的年代，早早地先於泡酒吧時代，在我尚沒有蒙酒神感召、應生活之難赴醉前，夜店於我，不過是一個全新的夜晚運動場，ＤＪ則是音樂品味和英文程度都更高階的體育老師。

夜店的夜，是不菸不酒，並允許化妝以及穿小洋裝出席的體育時間。我曾在一晚上連送四個妹子安全回到家中，也曾在夜場結束必吃的涼麵攤裡，拿出紙巾擦乾旁邊美人黏在髮上的嘔吐，順道撕下她掉了一半的假睫毛，成為他人心中掃巴星般的夜店女子。而那些期待、等待被發出邀請的廝磨鬼混，卻已是過了很久，當大家都變身端莊正經讀書人後，才發生在別處的故事。

不只是跳舞，我熱愛一切運動，國高中時經常在經痛與冷汗中堅持運球上籃、跑完百米，甚至練完啦啦隊，就要在這些痠痛與施力間，才能感受身體被詩意展開。跑步時，只需在腳尖到腳弓處施力，就能帶動腰臀到背上肌理。那時，我深深相信，把自己勇敢丟進風中，身體就會帶你向前。與這般感受相近的事物，也有一些，比如寫作，你只需把身體變成文字，習慣被解開後，最終都能破出某種禁制。在夜裡與獨坐時，感受最深。

MOS只在台北的夜裡出現兩、三年，便從最大最豪華的夜店變成了最大最荒涼的過去，如今則是出租式活動中心。或許，MOS代表的是一種時間感，幻滅與出現，皆不可測，所有的事情最終都會「MOS化」，當時的夜店從WAX、Spark 101、Mint，俱往矣，甚至撐得最久的Luxy，都在近年換名重啟成OMNI。終究，那些去過的夜店都被時間除名了，連那時的我，都幾乎快被現在的我排除代謝得乾淨徹底。

其他的夜晚也在變老，敦南誠品即將結束營業，在它之前，我曾流連多年翻看購買閒書的天母誠品，也只留下新聞稿就離去。新的誠品鋪滿了地下商場，美食街、手作飾品與本土設計品牌，就像那間終於開來台灣的日本書店，生活小物多過書籍，文學區選書的誠意總不太夠力。這些都是我之一代的原地解散，說不盡的還有雙聖餐廳、儂特利速食、小騎士炸雞，與京華城。書店、夜店與餐廳百貨，全都是一代人的不同化形、相同元神。

比如我母親的年代，她從冰宮走過滿街的啤酒屋，或許她的元神也凝結在那些滿是簇新舶來品的百貨大樓裡，像是舊台中的八佰半、建台大丸百貨、來來百貨與衣蝶，直到名字變成名詞再成為維基詞條。母親從來不喜後來的新百貨，不得已與我淪落至新百貨裡的餐廳吃飯，總會在回家後癱軟沙發，重申「我真的不喜歡逛百貨公司」。但記憶裡某些假日的午後傍晚，卻不是這樣的，我確實有過在試衣間外等待母親試穿一件件新衣的記憶，雖然畫面斷續，但蒸氣熨斗滑過新布料和銷售小姐的氣味都還在場，母親的笑聲也在。求證母親，只換得一句，「妳不懂當時的感覺」。

我卻在她如滿月般微微下垂的臉頰裡，有了張柏芝的感覺，不，是想起了孤月。二〇〇一年，徐克二次翻拍我心中第一仙俠奇書《蜀山劍俠傳》，那年的電影《蜀山傳》裡，張柏芝先叫作孤月，元神毀散間，被重塑成新人李英奇。舊人總想在李英奇中找尋孤月的存在，但李英奇偏偏不是孤月，直到大戰竭死，李英奇在元神的破滅中最後一次回頭，終於說出：「我現在有孤月的感覺了。」

《蜀山傳》始終不是《蜀山劍俠傳》，母親也半點不像張柏芝。她的夜晚，不知在哪一年被終結？是那場離婚、是被現實迎頭追趕上，還是她把餘下的元神都澆灌給了我，換我好好長大。

我終於長大，在夜裡跳舞與追光。其實哪條路都沒有不同，只是早或晚一些看見遠處火光，有些人，可能因為看見了更多光的可能，選擇走向彼岸。我把文字當作新的身體，用它走近了光源，發現一個又一個核爆現場，而火光之外，還有越不過的宇宙射線、到不了的盡頭極光。

舊夜死去，換新夜降臨，原來這就是人生這句話，真的是人生。母親與MOS，堆疊成我已完結的前夜祭，慶典或許才剛要歡騰……但是為什麼，當我終於問出「你有聽過MOS嗎？」那一瞬間，還是會害怕走過的路，是否全是幻夢一場。

我現在，有一點孤月的感覺了。

不在路上

沒有時間等童年垮掉與修復就長大。
現在的每一次上路，
都有地方得前往、都得在時間前抵達。

有一段時間裡，我的興趣是騎車，卻不是跟上了公路車、越野車這般的高價單車風潮，只不過是騎著我那台藍黑色100cc摩托車，將自己與它從新穎光潔一起騎往陳舊，成了風沙滿臉。

機車與我，彷彿在很多年前都已早早地先舊了起來。但記憶是不會舊的，它總能逍遙法外，會舊的是人與物，所以不論我們何時回看，童年總是鮮豔得令現在灰暗。

寫下記憶這件事，就像把寶物從土底掘出，擺在陽光下、送進博物館供人觀看，瞬間補上了千年時間，成了失彩的兵馬俑，寫完的記憶像沖了太多次的茶包，或風乾了的焦黃照片，再碰就要風化。但我總不甘它在心底永生豔麗，總想把它拿出來寫成了時間的流沙。

那幾年的騎車時光，我大概去了數十次的淡水漁人碼頭，比起海濱或是任何抵達的風景，我更喜歡的是上路。那條山間公路裡，濃濃的硫磺味和樹影金黃，漫長到永遠騎不完的山道，我將長長的二十歲時光都花在路上，把關渡到八里沿岸的夕陽都看成了畫報上的一抹微光，隨精神可任意召喚出眼前後，我終於跳下了那台機車。不再騎車的時間裡，我用自己的雙腳卻走到了更遠的路上，像是舊金山的三十九號碼頭。那個父親與母親都曾各自造訪，與身邊的新情人共飲一杯啤酒、啜著濃稠鹹硬蛤蠣麵包濃湯的舊金山「漁人」。

但已是許多年後。

許多年後，我才將父母曾分開提起的某段州界風景在心中具象。最早的加州記憶是《麻雀變鳳凰》（*Pretty Woman*），還有播出十年仍沒完沒了的美劇《飛越比佛利》（*Beverly Hills, 90210*），卻只記下了那光影間的陡坡與山城、那車陣慌忙的巨大城市，以及如今怕是都看不真切的虐戀與真情。

但將加州二字連同筆順和陰影都留在我童年腦海的一劃，絕對是1995年的電影《獨領風騷》（*Clueless*），那滿是噴水池與加州陽光，藍綠或淺棕色閃著金光的西方瞳眼，和女主角艾莉西亞・席薇史東（Alicia Silverstone）儼然成了我心中美國校園ＹＡ片（Young Adult）的獨家冠名臉孔。

正是它那與藝術無關、和影展獎項全都絕緣的俗氣，還有創立了美國校園電影裡必備的灰姑娘變身、舞會和真愛之吻的公式，在我心裡爆出了庸俗至底後，堂堂正正開始傲氣的經典地位。

那幾年裡，我逼著父親買下錄影帶，收藏在我滿是動畫卡通的小小寶櫃裡，每逢過年或任何長假，表弟來到我家中時都得捧出來，逼他陪著再看一回。如儀式般，將所有畫面還原成膠卷，一禎禎地記下了青春該有的風景，對不到十歲的我而言，幾乎成了一種預示、一則預言，只是如今回顧總結，並沒有青春過那樣的生活。搬家、打包和丟棄，我早已經把這卷看了十多年的影帶丟失，就算還在，也沒有倒帶機和放映機可供播放了。

和VHS影帶與家家戶戶都瘋租片打發週末的那些年一般，那家影帶店也成了某種情懷，只供懷念，想念時卻無處探看，像是怎麼丟石子都沒有回音的深井。

早在百視達還沒有倒完、甚至還沒有展店到大街小巷之前，我和父親就開始在那裡租片了。店裡貼的木板牆還未受時間之潮侵濕，仍穩穩地在牆上不像許多年後已四處瘋翹，和那張後來厚重灰黃的地毯一起，還在我記憶的某個區段裡簇新地發亮。

我們經常一起去租片，那些影帶架裡堆著成百上千的新舊電影，租片的規則往往只有兩種，一是隨機，但多半是老闆邊泡著茶邊從身後拿出幾部剛到店的新片，也不問父親想不想看全都裝進塑膠袋裡，陪我們一起回家。

慶幸老闆的品味不糟，從《純真年代》（1993）、《脫衣舞孃》（1996）、《斷頭谷》（1999），到《我不笨，所以我有話要說》（1995），都曾經齊聚在那隨意抽取的塑袋中，有時逗笑、有時惹哭著我，一路長大。直到我不再蹲在家中看片，走往真正的路上，它也成了記憶井裡無聲的石子，連名字都因為招牌昏黃，未曾記下。

那時的我，從未想過影帶店老闆的來歷，早在爛番茄及IMDb進入我的觀影史前，他成了我絕對信賴、完全主觀的榜單榜主，每個週末隨他殺出魔山或是在紅磨坊、芝加哥的舞台上開唱。而他總高深地飲著他手邊的茶，就這麼不老不散地坐在我的記憶裡，就像後來的我離鄉上路時，若回頭往童年與家鄉看去，家人與摯友間總夾著他糊去的身影，飄來茶香。

某個夏日長假，我在一個月裡連看了八次的《獨領風騷》，影帶店老闆大方地直接拷了一片給我收藏。母親則是真正地去了加州，雖然片子裡的艾莉西亞．席薇史東聲勢大漲後出演了我私心最偏愛的蝙蝠俠系列，但《蝙蝠俠：急凍人》裡最美的風景卻還是鄔瑪．舒曼。而艾莉西亞．席薇史東，最終也成了好萊塢深井裡一顆小小的無聲石子，只在我心裡的加州暖陽下，開著車鮮衣怒馬，從未老去。

許多年後，我才將父母曾分開提起的城市在心中具象，真正的具象了舊金山與比佛利，以及似乎只能與情人同去的漁人碼頭。去漁人碼頭的方式不只一種，公車、Uber、走路都可抵達，我和情人卻在一個沒有計畫的週六早晨，穿越空城般的市區，在一號碼頭邊，因為不願再吃冷三明治，而一邊吃著華人小哥賣的昂貴微波叉燒包配上濃咖啡時，看見了水上計程車那艘明黃小船。它圓滾滾地在海面浮沉，上面寫著「SF Water Taxi」，問了票價倒也合理。

我們吞下包子，拍淨雙手便上船，船身搖晃不止，一路，不，應該是一海上只看見許多大艦停得離港近近。才在思考原因，金髮的女船長便說了大家正巧趕上一年一度的舊金山艦隊週，今天還有海軍藍天使特技飛行隊（Blue Angels）表演。船從一號駛近三十九號碼頭，我們不在路上，在海上，戰鬥機在頭上閃出爆炸的聲響，抬頭卻只看到幾條白線，飛行已在極遠處。

那天的三十九號碼頭據說是一年裡人最多的一日，人潮與車灑得遠遠，雖沒有盡頭，但與舊時家鄉跨年演唱會那人與人間貼近的程度，實在無法可比。日烈不熱，我們買了冰、忘了墨鏡、坐坐站站與行走，用一下午的時間曬出了一條黑紅後頸。當藍天使在天空飛出一朵五瓣花葉的盛放，或是穿心而過的箭矢時，我們也穿行過一片小山坡，走向另一處被人潮拍打的梅森堡（Fort Mason）大草地。至此，已超過從前父與母行走的邊界吧？我反覆與自己確認，在所有的記憶中輸入關鍵字查詢，丟進滿坑滿谷的石子，無果。

走過長長的記憶，也走過長長的舊金山東北海岸，我們在重建過後匠氣十足，卻仍自顧自美著的藝術宮坐了下來，旁邊沒有《絕地任務》的史恩・康納萊向我私語，卻是包著頭巾伊斯蘭老太太養的日本柴犬對我喘著大氣，潮濕而溫熱。

我不敢說記憶總是潮濕的，這太煽情，但有一些記憶會自帶溫度與日光，只不過你不一定找得著入口，或是像這座宮殿一樣，處處皆是入口。

有過一段時間，我對父親跟我提起的漁人碼頭和火燒島有著最華麗飽滿的想像，如果是畫質一定是Full HD，如果是牛肉那也必定是日本純種黑毛和牛，等級A5。而母親與她後來情人同往，所展示予我的風景評比，至多只能拿下1A景區。

我以父親的路為指引，私心幻想的那處碼頭該是海鳥落在遠處甲板，夕陽有著火燒般金黃而斑剝的色澤，但現實卻只是海獅臭腥腥地躺著，偶爾發出幾句寥落乾扁的叫聲。

我不再那麼喜歡騎車，也不知是何時的事，是喜歡坐捷運時那可以抽空思考，憑身體記憶的轉彎與上下；還是因為回到尚未有捷運密布的故鄉，只好開著小車四處穿行。不再在大雨中濕花了妝，不再沒有導航與終點的往前，不在路上，沒有時間在路上，沒有時間等童年塝掉與修復就長大。現在的每一次上路，都有地方得前往，都得在時間前抵達。

機車發不動了，斜斜地停在搬家後的地下室裡，和Gogoro與復刻偉士牌、其他上市絕不超過兩三年，我怎麼也叫不出的新車款一起，卻已哪兒都去不了。我在那趟旅行結束不久，終於在iTunes上買到了《獨領風騷》的片源，如果沒意外，能再多保有它十來年，不需更換格式。

按下播放，我卻好像在比佛利山噴泉廣場後的藍天下，看見不久前走過四分之一舊金山海岸線的自己，她與那漫長暑假裡獨自在家看著一部部舊電影的我、不斷在路上追尋父母行腳的我，無縫密上。

記憶風化。

有女初老成

可能還有些必須寫的字，
但已沒有要等的人、沒有想說的話，
沒有非得留下的名字，甚至必報的恩仇。

每個人的老去感與老之意識，離真正的老，是各自不同的度量衡。莒哈絲只一次戀愛，十八歲，就老了。而我卻是很晚，才開始感覺年輕。

什麼時候意識到「老」這個字，我已無法確切記憶，一切的感覺都是忽然來臨，老去感，也像是高緯度地區的冬日初雪一樣，眨眼即至。幾年前的一個冬天，我曾經成為一個感覺的開關，被不同人觸發切換。勇敢一點、誠實一點的說法是，我曾做過影子寫手。現在回想起來，也有數次被過度用力的手、無禮冒犯的手，碰觸心靈和感覺，但那時最惡毒的想像，卻只不過是在夢裡暴力回擊。

原來我也曾那麼愚勇與可愛。

成為開關的那一年裡，偶爾有應酬的飲食，即使是如此溺於吃食，不管精巧冗長的正統法餐、解離程度到幾乎分子的料理秀、意味完全不明的台菜米其林，到家鄉深夜街邊一碗完美的甘口肥膩爌肉飯，全都能欣賞的我，也經常吃不出什麼快樂滋味。而另一次在主管策畫的精品ＶＶＩＰ之夜裡，與身高平均一百八十五的義大利男模群共飲香檳，同事側拍到的我，雙眼卻像是被幽魂奪舍的空殼，甚至得從隔天的照片裡，我才驚覺自己錯過了什麼男模盛宴。那是美男與美食都激不起欲望的一年，我在他人的名字下寫作，把自己的感覺變成水氧擴大機，滴進怎樣的精油，便散溢如何氣味。

我想就是在這時，有人偷偷往我的心裡加入了一滴老之精油。

曾有個月內就得完成的計畫，為某位名人草寫一本全新的書，談在中年與老年間的女子。那時的我總得她強勢啟動開關，可能與本人對坐數個日夜，再逼著自己聽完無盡的錄音檔，在沖澡與早餐店等待的時間裡，潛進另一種氣味中。也是在同個月裡，我陪另一個剛留美回來的女友，補過二十八歲生日。在重新裝潢後的一間speakeasy bar裡，她告訴我從Converse到Jimmy Choo間，如何調整行走重心，豆沙玫紅色的唇輕抵在我耳邊，認真告白：「我覺得喔，我現在才開始年輕。」

女人一樣會為女人眩暈臉紅，當時我耳根漫紅一片，難得羞怯點頭，對，我也覺得才開始年輕。我沒有為了女色說謊，確實在離開文科研究所，拿到畢業證書的隆冬一月裡，我剛過完二十七歲生日，可悲可喜間終於開始感受，另一種年輕。像是，緩慢悠長不需結尾的性，跟剛好收尾在離酒醉只1%的精準度。

當夜酒退，我打開筆電，寫下的第一行字卻不是自己，「讓我們學習如何面對空巢，對孩子放手。」我連對稿子放手都還學不會，於是設好八點的鬧鐘，在凌晨三點時決定哭個十分鐘。那是一段不管是過去師友、寫作同儕，甚至情人都無法共感的日子，即使是許多年前，就成功化身為隱形百變獸的主管，也早已無法活在我的時間裡，才剛年輕的後青春期裡。

那一份工作的主管，大家都叫他江哥，江哥不姓江，只因同事們經常私下損他「江郎才盡江先生」。江哥經常會對我說一些私房人生哲理，不一定有道理，但多半很哲學。江哥不老，甚至看起來比實際年輕，雖然這不是他的本事，而是健身教練的本分。江哥年輕時也寫作，我說的是真正的寫，橫越沙漠的他、當過ＤＪ的他，文字瘋狂美好。那些字大約都混進後來他日日的聚餐酣酒中，就飯吃了。

我知道在江哥的眼裡，當時的我應是非常乖戾的孩子，尚未熟成為女子，而是無性別的孩子。江哥總會在跟我溝通大綱時，拉開對面皮椅，把他想化作武功內力一般傳授給我的江湖訣，快速寫成便利貼，貼滿工作室的牆面。有些紙張從那時飄落，現在的我才伸手接著，看清上面的文字，「四十歲，是新的三十歲」（Forty is the new thirty）、「社群軟體是你不快樂的主因」，心靈雞湯力爆棚。而當時的我，頻頻點頭間按開社群軟體，打下「四十就是四十，三十才是三十」，等我四十歲時，必不要這樣說話，接受所有模樣。貼文輕輕發送，選定分享名單剔除「江哥」。

終究我還是無法把自己的文字，當成海苔醬或是三島香鬆就飯吃了，每一次的文字模擬，多少都會卸去一些原本的自己。若把散落的東西撿起來看，第一個被遺落的總是雙眼。我總是閃避躲藏著什麼的雙眼，說是缺失自信或是害怕他人嗎？我倒不認為，說穿了，只是怕被看出藏著的惡意與喜歡。

討厭一個人時，那從深處的用力凝視，凝視像激光穿過身體，一不小心便匯成了惡意。很喜歡一個人時，止不住的細碎微光，講話時微微的淚液被分泌，眉眼成水，好不羞恥。拜一個接一個的角色扮演，從立法委員到偉人後代與前朝遺老間的跳步，我封印了那樣的雙眼，水光與用力過猛，全都被像是隱形眼鏡的薄膜壓緊，當我開始不在短裙裡穿上安全褲時，我的雙眼卻也習得了不走光心靈的技能，不透光率逼近百分之九十八。

放棄模擬完那個權貴四代之後，我離職。兩年後的我，再見到江哥，聽說他底下多了一大群當時的「我」。江哥終於不用寫了，他成了工業鏈的上游，《絕地再生》裡可以評比複製人優劣的工頭，各路複製仿生人，替他批量生產不同角色的文字、Podcast、視頻與專欄。他看著我時，不知道會不會有看到初代複製失敗半成品的心痛，如果有，那我就算成功。但我看著江哥時，已能優雅地直視他眼底，而不是盯住眉骨、眼尾的痣或閃躲。一杯咖啡的時間，江哥只說了替妳開心，出了兩本書，要趕快博士畢業、趕快生小孩了吧。

「如今妳已長成女人，可以生小孩了。」江哥追加完這句話時，我馬上打開手機確認他剛過完五十歲生日吧？果然是五十歲，而不是十五歲。我祝他生快，他勸我快生，在我思考他究竟是關心我的子女宮還是子宮時，有什麼物事開始在我雙眼底下敲打，敲打我請我敲打世界。我輕輕安撫了牠，那個暴力的小東西在兩年前終於被我馴化，也是跟江哥有關的場景。我在半夜改稿，為著如何更像別人一點而不斷拒接情人的熱線，已有好幾日。

江哥總會在清晨讀完線上即時共享的新稿，誇獎我一番後說，但是還可以再更像、一定可以的。情人終於崩潰，重重對我說出：「你工作成功到快要單身一輩子了！」那時，我竟還抽空分神懷疑他在向《穿著Prada的惡魔》裡，那句經典台詞「當你生活快全毀時，就是升遷的時候了。」（When your entire life goes up in smoke, then it's time for a promotion.）致敬，畢竟情人最愛安．海瑟薇。

我與那暴力的小東西，決定一起離開江哥時（因為甚至沒有升遷）。牠最後一次開口，問我要不要動手，我沒有回應，小東西沒說話，回到身體至今沒再出聲。留下我，一邊感受著遲來的年輕，一邊提早老去。那個豆沙玫紅色香俱全的女友，早已把唇色換成Ruby Woo的啞光正紅或更濃郁的辣椒紅，也依然能把高高鞋跟踩得更穩，週末見的男伴次次不同，只是我不再臉紅心跳了。倒是在遇見這樣的女孩／女人時，總想和她們分享心得，雖然Converse跟Jimmy Choo都不錯；但，Malone Souliers跟RV的美更值得一個驚嘆號。再說若是要包覆實穿，怎麼樣也會選擇一雙親近的運動鞋吧。

這一回，我也能在每雙鞋履裡，踩出一樣步速了。從年輕過渡到感覺年輕，從某些舊時魔咒醒來，才發現「創傷」是一個假議題。可能還有些必須寫的字，但已沒有要等的人、沒有想說的話，沒有非得留下的名字，甚至必報的恩仇。因為我知道，如果有又怎麼樣？不怎麼樣，不能怎樣。

初雪跟初老在一個距今不遠的冬日，忽然相約來臨。我在窗內看它，暖室中賞雪絕對溫柔；我在身體裡感受它，像有一點點厚重的毛氈，但是讓露出的其他感官更尖銳真實。

我轉開最喜歡的那支香精油，在頸動脈以一種看似自刎的手法滾動，情人在臥室熟睡。情人還是那個情人，我卻恍惚間聞到他的身上開始出現了另一種味道，洗澡數小時後的清爽熱氣已冷，才趁他熟睡時晃逸出來，不是陽光的氣味了。是一種鈍重的悶窒的灰塵般的後味，終於想起來，幾年前，有人在我心裡滴入的老之精油，前味微苦幾乎瞬間發散，然後是長達好幾年無印透明般的中味潛伏，沉澱至今，後味原來是苦艾酒、九層塔以及大量被催熟的黑醋栗。情人已成大叔了嗎？

那我呢？精油從後頸暈開靈魂，或許滲進過太多人的指溫與味道，有女初老成。就像已經被我藏在髮間笑容後的感覺開關，當有人不小心撥開觸動時，我會抽空感覺片刻，然後告訴自己，那些偶發性的眼淚與暴食、偷歡與心動，只不過是荷爾蒙的緣故。

有什麼關係，是夏天嘛

「休息」與「暫停」是極端奢侈的名詞。
有結束的時限，才叫休息；
有地方可回去，才是離開。

把夏天對摺一次，大概只要把能記憶的幾十個夏天對摺一次的距離，我就能回到一九九七，如今沒時間沒額度贅述的魔幻一九九七，無關政治與誰的書寫，那可是隨便一部日劇就能開出一長串維基名人、名詞清單的一九九七。也是日本演藝的黃金朝代，每逢月九之日，隨手一指處，便有一個傳奇巨星升空。

不說木村拓哉、長瀨智也與世紀末之後真的馬上不再少年的柏原崇，就說竹野內豐與反町隆史吧。那悠長的暑假與大海，即使只是日劇《海灘男孩》（*Beach Boys*）中的沖繩海灘，都能隔著屏幕讓我黑上兩度。

那季夏天，我的口頭禪於是也成了劇中還沒成為鬼塚老師的反町隆史，總對著從都市逃到海邊渡假的竹野內豐嚷嚷的那句話：「有什麼關係，反正是夏天嘛！」因為是夏天，所以逃避沒有關係；因為是夏天，所以不工作也沒關係；因為是夏天，所以喝很多啤酒到頭昏腦脹也沒問題！我在那兩個名字都藏著大海的男孩身上，懵懂地以一種純日式的美感體會了後來總是撞擊人生的名詞——「Gap year」。

反町隆史是曬得黝黑終日晃蕩無事的浪蕩子，竹野內豐是對人生茫然的社內菁英，加上永遠的廣末，這些人都在一九九七的夏天集結於沖繩的竹富小島上，時間好像理所當然該為這些人留下孔隙、開出蟲洞，成為一個供人回顧參照的觀光節點。可惜的是反町隆史娶到松嶋菜菜子後，總被傳出因為沉迷釣魚不務正業；廣末除了那穿透世間的眼神依然，一切皆往。如今只能在以摩羯座硬氣撐住的竹野內豐身上，找到過往的停頓之隙，確認過眼神，仍有著當年劇中鈴木海都芒草般的氣味。

讓我再次聲明，九〇年代離我們早已不是一個轉身的距離，也不只是寥寥幾年，而是華爾滋般旋轉再旋轉的二十年。二十好幾後的我，仍意外的擁有每年夏季限定的暑假生活，而究竟求學與逃離、打工渡假與滯留，恍然間，不知是否只有我或是你們也開始分不清，人生是在gap還是escape。

要怎麼休止與暫停，才能有日劇的濾鏡感？這成了我二十季夏天過去後，也參不透的美學課。

每隔幾年的夏天，我都會重新點開這部日劇，除了第一集外，跳騰的隨意點擊，規則是絕對不看SP。特別篇裡原班人馬兜兜轉轉還是回到了民宿圓滿集合的Happy Ending，明媚非常，但就偏偏不是之前男子漢般約定好的：「要去尋找屬於自己的大海！」難道，所有的記憶都不算數嗎？

男孩們長成男人，男人一個不小心變成了歐吉桑，這樣的過程不只是從A到B，而是從A到丙。質變的時間裡，沒幾個人能真正喊出暫停，放下生活、放棄所有，最多不好意思的嚷著「歐斯K」，可鬼來了，時間繼續。當然從女孩變成歐巴桑也是相同。

有人告訴我，「休息」與「暫停」是極端奢侈的名詞，我想就像是漫畫《獵人》的作者冨樫義博的隨時休刊一樣，他以高達百分之六十以上的休刊率，向人展示了他所擁有的、無比豪奢的人生態度。

我在這座海島漫長到從年頭霸佔至年尾的長夏裡，以看似無所事事的學生稱謂，任夏天持續在走，暑休也無限延長。而每年都得輪著被眾人讚嘆一次的長假，除了工事與雜事，從沒有出現過任何海灘上的男孩往我心衝浪而來，甚至不一定有海灘，就像我也從未真正學會過游泳。其實《海灘男孩》裡的民宿老闆，早在那麼多年前的夏天已悄悄告訴了我：「人們都是為了『回去』，才來這裡渡假的。」

有結束的時限，才叫休息；有地方可回去，才是離開。

我把所有的夏天攤平，攤平從前至今，還要攤開所有從日劇、台劇到美劇、韓劇的假期，一一搜尋。或許，其實我從未真心說出過那句「有什麼關係～反正是夏天嘛」，因為一切都有關係的。不管是空白或逃離，都有關係，我不是富樫，也無法富奸。

在南方的海邊，我面朝大海，筆電打開。眼前的海域礁岩布滿，沒有男孩。我於是許願在成為歐巴桑前，某一處的海濱，可能已是沒有暑假的夏天裡，我對著假期懶散說上一句「沒關係的」，因為那時，我已找到地方可回去。

+

30 公車

或許我一直誤會了愛與自己，
其實愛人前請先管好自己。
如果，我是說如果，會不會我們已經是最好的自己了呢？

女孩穿著制服裙，膝下襪，跟高不到兩公分、保養後皮革油味還在的皮鞋，襯衫燙線筆直如她那時透薄如蟬翼的肩，光線似乎能穿過她再穿過衣物，那是台灣偶像劇濾鏡般的清晨。女孩在離十六歲不遠的巷口銀行，每天的六點五十分，等待一台11號校車，陽光照不到的樓邊斜角裡，女孩總是笑不出來。即使是如此純透美好的十六歲，沒有打光師，誰都無法在那麼早的時間笑出蘋果光來。

我曾是女孩，記憶中我偶爾也會在校車來前的幾分鐘抵達，穿著制服黑裙，天涼時搭上一件紅色毛衣，走進無聲的等待人群中。幾分鐘被拉長成一部紀錄片，我與其他紅色女孩、藍色男孩，側頭關注著每一次的綠燈，看遠方漸近的大型巴士是否掛著自己的校車號碼，除此之外，那時的清晨如今只殘存一些模糊光影。在記不清的另一年裡，我躺在某個海邊空屋，任水光散射水泥灰牆在我心底連成了一部抒情MV，分不清記憶是泡在水底還是浮於陸地，遠方像有巴士轉進眼中，幻日浮市，遲遲開不近身邊。

把如今的歲數折半，那一年裡，我總是會因為一片現烤的土司或是剛出爐的湯包，而趕不上我的六點五十，但或許有人明白，奶油必得抹勻每一個邊角、湯包最好初被蒸膨尚未扁塌貼餡，而我也總得坐在店裡背對煎台，以防被看進一口吃下的笑臉，吃進原本應該的等待，那是不能將就與外帶的自己，原初的自己。反正錯失了校車，總還有家鄉的77路公車可搭，即使那時的公車全和龍貓巴士一樣無聲無影。在所有站牌與手機皆看不見剩餘到站時間的年代，失去時間感，才是等待最磨人的一段。

於是，很長一段時間，我厭惡等車，那遲來或未來的車，讓人把青春等成了一行解離般的清晨與黃昏。但等待仍有所得，它讓後來的我一直確知清晨七點前的城市，與七點之後存在著巨大而無法具象的時空劃界，城市迷離、城市甦醒。從灰階無聲，切換到每秒一百二十幀，可城市從沒有問過我，想不想甦醒、想不想看清、想不想長大。

很抱歉，我從未期待長大，長大說穿了不過就是開車繳稅買房。

離開家鄉後的許多年，我慣常在高架捷運下等待公車，在早餐店裡滑開app鍵入公車號，再算著剛好的時間走到站牌。等車的時間軸線改變了，軸線拉動了人往前，但往前卻怎麼也歡快不起來。那麼多的262與266、那麼多的人群在黃昏與正午裡，卻也都蒼白得像是同一張受潮的畫紙。

尖峰時刻，我在街中央的公車等候長亭裡，刻意錯過一班又一班車，總之沒了這台，接續的很快再來。任那條清晨七點一般的時間軸線，往人的生命裡拉伸，穿過你我只得數字與密碼，最好的時光都在樹洞與別人臉上，那幾台11號與77號、260到266的公車巴士，再到其他數字排列成：2046、9527、A One And A Two，三十歲成了我自己時空市景裡的清晨七點，從未向它應聲便無約而至。

老友曾經狂戀過的少女歌手，也與我們一起長成，西進中國開始演戲，說起了濃濃北京腔的標準普通話，狂戀褪色，老友向我發表他的大人宣言：「大人感不是熟成感，其實更常是無感」。那一個女歌手，好巧不巧地也在新歌裡唱白了，「以前最常說怕什麼，現在最常說算了吧」。老友意圖說服我，讓我們一起算了吧，一起政治正確，別再試圖和世界對著幹。

老實說，「30⁺」的我有點不太一樣。比如，開始觀察與聆聽全新的人肉市場，老友的大人宣言還有第二條「市場機制重新啟動」。超出了交友軟體上男孩女孩們的交友年齡上限後，不管你左滑、右滑，都只能滑出配對一堆大叔、姐姐。從現在開始，你必須接受身後的車比車前的人更容易得到女孩的Super Like。

為了被Like，他開始多上點夜班，換了台二手卻車況良好的名車，玩具般的打檔車鎖在地下室生灰，從在意走路被踩球鞋，進階成在意被甩得太恣意的車門。每個人的三十之線，往不同的地方張開，但對我來說，不管我的車他的車誰的車都比不上散席工作後的計程車。

30^{+}的我，也不大同意女歌手半宣導半棄權的「算了吧」，我的三十之線更靠近不耐與張揚。過去的戀愛裡，若是聽到一句愛人點評的「你才不會委屈（改變）自己」，總會在夜裡被罪惡感淹沒，力圖在每一個明天裡、日記裡、散文裡都要成為更好的人。沉吟至今，或許我一直誤會了愛與自己，其實愛人前請先管好自己。如果，我是說如果，會不會我們已經是最好的自己了呢？

那麼，就請笑納我的最好，以及最好的我，不過就是這樣、不過只到這裡。就像我不再希望和別人一樣，卻也不追求不一樣。

當然，還是有些一樣的事，雖然是微末小事，像只藏在手機與提款機裡的記號與紀念，紀念那個總在等車的十六歲少女。我知道她喜歡親手熨燙每天的制服，熨平每一處不服貼，燙暖的衣服能讓空氣中溢滿熱香，與之相近卻無法命名的香味，還有熱帶雨後的草地、雪裡撿到的松枝與夏夜十五號的月光。

為了能回溯那樣的香氣，需要一組密碼保存與開啟，我選擇輸入「一一〇五〇五」，它是鏽在我心口的一組號碼，熨斗尖無數次經過與避開的深海藍繡線。我更無數次地讓它成為私人網站密碼、銀行密碼甚至手機密碼，只因我相信，這六個數字底下代表了那獨自繞遠路，只為吃一頓早餐的女孩。

她很高貴，我很低賤。我的意思是，她的世界只需面對自己，寶愛自己，高貴自己。可我的世界，總有人插隊搶在我之前，在書頁裡或現實裡貼臉告訴我存在無義、人皆苦賤。即使30^{+}的我，擁有了貴腐酒自由、早餐自由、電影自由與計程車自由，卻再高貴不起來。

黃昏，我穿著剛剛乾洗回來的皮外套，往日落時鴨蛋橘黃浮光灑落的路口移動，若人要求，我隨時都能微笑以對。提著從路邊餅店買來剛切好的、冒著熱氣的大餅，提著它在也冒著蒸騰廢氣的車潮中等待。當公車泛濫不再稀缺、面目模糊的人處處都有，我開始在等車時，斷續地吃著，張嘴一口一口緩慢吃掉我的青春。

決定吃完這包就獨自回家，回家改掉那組密碼，直到連我自己都無法召喚女孩，便再無人能看見她、傷害她、輕賤她。

我跟你說你不要跟別人說

除了無法選擇的身世、無處避難的死亡告別之外，
他人跟生活都是輕盈的，
他人怎會是地獄，地獄總在心底。

每個人總會有些想說的話，就像想寄出的信、唱出的歌聲跟親吻的人。我心底也藏著這樣一些話語，雖然不是什麼訣別情深，卻也花上了我幾十萬糾結迂迴的練習造字，試圖尋找一種最大程度接近真誠的語境，或

許才能降落，才能把這些話，說得輕柔一些、明白一些。當我開始試著說話，唯一的希望是，如果我跟你說了，請你不要跟別人說。

就像，如果可以，請原諒我。

或是，如果可以，我原諒你。

但「如果」兩字，撥開根節看到最底，仍然是一句「可惜沒如果」，以如果開頭的歌曲，唱得全是沒有與落空。所以這些話，都是再無人可說的話，雖然那些人應當都健康踏實地活著，一如現在的我。時光往事，不全是最好的，能多美好，就能多驚悚。在散文裡，我總是能以凝視的方式找到安全的置高點，於是當我凝視著他人、書寫著他人時，其實都是為了能安全地收藏自己。因為我所觀見與寫下的你，不過都是以你之名的反射與映照，就像經過一面鏡子或鏡頭，卻被鏡攝成一個另存新檔。

出第二本書後，有段時間，我仍然以一種浪流連的心情鬼混世界，可能一個月裡寫不到五百字，至於相關的書評及採訪，實話實說連點開都沒有。我不怕誠實，但並不想被凝視，從誠實到被凝視間，是勇敢的再進階。直到我在一個演講場合不得不與一位讀者相遇，那個來台多年的陸生，硬是遞給了我她的閱讀心情。她提起，那本書裡一個關於舊情人的篇章以及那趟作為背景的東京旅行，如此「不公平」。如果我能寫下「不喜歡別人總看著我」，那為什麼自己要這樣看著別人呢，會不會他們都不想被這樣寫著與看著？她的問題被我收進包包，無法作答。

經過一些日子與更多的字，現在的我勉強能告訴她，是的就是不公平，但不公平不是不正義，請原諒我的不公平。

或許，我試著公平一點，告訴你一些別人對我的凝視。

年前一次家族聚會裡，上海菜館中，我拿出兩支紅酒送給親戚長輩，祝願他安康，席間我一邊幫兩旁的家人夾菜、一邊偶爾添上熱茶。席散後，一個與我親近的阿姨貼身問我：「妳到底經歷了什麼？」經歷了什麼，從一個欠揍孤高的臭跩女孩，變成這樣，她們眼裡好的模樣。阿姨的丈夫也放下茶杯，加上一句：「連面相都變了。」不只他們這樣說過，恩師閨密父親母親都這樣提起，如果我能把它們當作稱讚，點頭微笑，那麼便世界和平、天下無賊，但是沒有如果。

我多半還是會不正經地回答他人，或許改變的是我畫眉毛的方式，親密點的友人追加告訴他們應該是我做的皮秒雷射。但沒有說的那些、所謂的經歷，比起改變發生得更早更早，都是一些我從未跟人說過的往事。往事的大小重量如何？於我大，於你小，於你雖輕，於我至重。

十八、九歲時的我是什麼模樣？高中畢業與我考上同間山頂大學的男同學說：「我總覺得將來一定會看到妳在仰德大道上，坐在老男人開的跑車副駕。」我沒有問他為什麼是老男人？卻追問：「你說哪個廠牌的跑車？」進入新聞系前，也曾在推甄面試的教授問我為何想讀這間新聞系時，歪頭笑答：「我想拿普立茲獎，但我考不上政大新聞。」那幾年裡，可能有長生天保祐，我活得自在簡直恣意。雖然過往並不是沒有收過黑函、被排在某些女生圈圈之外，但除了無法選擇的身世、無處避難的死亡告別之外，他人跟生活都是輕盈的，他人怎會是地獄，地獄總在心底，我一直這樣相信。

直到我終於被迫觀看，一個人可以如何被凝視，被解讀，而凝視並非總是溫柔。我與當時系上的一些女孩，終日廝混結黨，上課時互相幫對方占最好的位置，罵人時替彼此說最重的字眼，私以為青春就值得放肆，那是年輕經常出現的虛妄與狂妄，是比大寫的我更大的我。那個我與那些女孩們，一起搬進了前後房間，一個書寫者必然要處理與行過的俗氣房間，就像房間裡也必然得發生質變。我與室友是女孩中最貼近的兩個，我喜歡她的刻薄聰穎、指點江山，像是同學春節後胖了一圈回來，她只淡淡說道：「他是發酵完了嗎？」總能讓我一邊笑到腹痛，一邊拍打身邊人到背痛。那時的我當然不明白，酸氣與怨氣終究是過於簡易的幽默，但對世界並不厚道，因為我也是這樣存在。

沒有盡頭與不知節制的，不只是「年輕」這件事，為了證明彼此的親密，更必須以獻祭的真誠，交換所有「我跟你說你不要跟別人說」的事。像是彼此的第一次、男友的私房喜好，那個演了偶像劇加入男團的學長，不只在房間裡接待女孩同時接待男孩。出賣只是基本款，必要時分，比如當她說出討厭某某，只因某某參加了模特選秀入圍時，雖然照片真心很正，也得像遞出投名狀般，發表對某某可能有點鬥雞眼或講話輕微大舌頭的嚴肅觀察。這些隱藏在天地間兩個小小床墊的對談，我得到很後來才發現，交換祕密、交換八卦、交換血饅頭都好，始終不能交換心靈。或許說來狗血，因為心靈縱然黑暗負傷，但始終渴求柔軟。把我跟她說的與她跟我說的，相加相乘，原來不過娛樂一場。

大二即將結束的期末考週，室友跑去男友宿舍吃宵夜，說了會幫我帶一份回來後，筆電沒闔上就走了。我洗澡吹頭，房間的鏡子剛好裝在她的桌邊，借坐她位椅時碰著了滑鼠，鼠標移開，像移開了平行時空。那幾年裡無名當道，網誌可以是情話、垃圾話與詩話，我在她網誌頁面看到了一篇從未看過的加密新文，請別問我，如果沒有點進去會如何，我們不談如果。

她犀利如鋒的筆指向我，許多文字好得工整又邏輯，現在我都還能背誦。「她不過是比較會寫一點、比較好看一點罷了，我都懶得跟她說，也就才那麼一點」、「她上次叫我們不要總取笑ＸＸ，但我們不取笑ＸＸ很久了，多半是取笑她」，下方留言的帳號，每一個都是我能閉眼默出字母順序，最是親密的女孩。傷痕不一定要見血，最平常的嘲謔與無名惡意更能蠱般鑽進骨底，不會殺了你，但也不離開你。我離開滑鼠，也離開房間，在山林與舊美軍宿舍間跑了起來，打開電話簿裡無人可尋，跟我好的，不一定好；對我好的，怕他傷心。

我終於還是跟室友聊起這件事，我說，我不是妳寫的這樣，我從未有過那樣的心思，不管是驕傲無視與自私都是誤讀，那些曾經我只跟她說起的心事、厭煩某事某人的心情，始終還是被她儲存後，在我不知道的時間、不知曉的獻祭修羅場裡，加密跟別人說了。「妳的文字就像殺人。」那時的我坐著，她站著，她長得高挑，我抬頭看向她時她剛好回應：「我在我家殺人，而妳擅闖民宅。」從此無話，她找到了一個制高點，那個位置好到狙擊手都不用開槍，我便投降。當其他女孩們也紛紛站去那裡，無語看著我，我失去的不只是發言的位置，更是真實的位置，比如教室的位置、存在的位置。

我還是不會選擇「霸凌」或「排擠」這樣的字眼，那對於他人並不正義，又或許我怕的是，過去的自己也會陷落在這些罪名之中？我的勇氣刻度，最多只允許我說，原來我曾這樣被凝視、被讀取，所有的看見，都不能說是誤讀，或許是截取的段落不同。在那一個段落裡，寒假結束，我回到沒有位置的生活，室友搬去男友宿舍，我們的房間成了我的房間與她的儲藏室，每一次的取物都以甩門完成。我打工的時間更長了，就像我每次進去課堂前在走廊上的準備時間一樣，要準備多久才能面對一整室好奇、痛快甚至興奮的眼睛？沒有答案，只能越拖越長，直到缺席離開。我瞞著母親提早休學，睡在他系朋友房間的地上撐過了餘下時光。

搬離那天，母親特地從中部開車北上再上山，原來這幾年我所擁有的東西，不過幾個紙箱便能清理乾淨，我用最後的骨氣把整個房間擦了一遍，離開前連浴室都洗得光亮，椅子靠好，桌子擺正，才代表我從未接受那些傷害與讀取。

車子往下開再往南開，我在回到家的傍晚，忽然心裡痠軟地想要好好告別。是因為覺得她值得一個好的告別，還是自己？我再也沒機會知道。因為從此之後只剩不值得，我習得了不告而別跟擅長無疾而終，沒有一段感情或一個人有義務陪你走到你想走的地方，應許之地並不存在。長長的簡訊，如今想來全是告白與告解，沒過很久，訊息回傳：「我回去看過房間了，馬桶座墊上是什麼東西阿？髒死了，誰知道會不會得病。」附上一張照片，不知道是尿漬還是分泌物般的痕跡乾在邊上。我開始大哭。

我曾經想過跟她解釋，絕對不是我，可能是臨走前母親說要先上個廁所，沒注意留下的。也曾經想過，將她只跟我說過的那些煩惱，以暴制暴，提醒她，我跟她之間，比較可能得病的再怎麼樣都是她。至少能追加傷害，確保她收到的與我等身。但我只是哭著，等到連心裡的淚都終於停下時，收藏號碼的那個舊手機，已沒再被觸碰過。

那個哭泣的我，像通過了一個奇點，舊世界的社會模式被重組，語言跟人際秩序爆裂重排，從1.0升級為2.0、從4G跨越5G。重啟後，熱情全都收斂成了旁觀，從習慣被凝視改為凝視他人，所有對話框裡旁人與我的比重變成了九比一，沒有人員傷亡的戰場只有我敗將離開。新的學校裡，我一個人吃飯閱讀遊戲，以安全的距離測量每一個新角色人物，得到冷靜與寡言的評語。每當親密關係的開場白又響起，有人主動說起「我跟你說你不要跟別人說」的事情時，我都期盼他別再說下去。我所擁有最親密的關係，只剩寫作，即使是戀人，也總尋找不擅凝視與解讀的靈魂。

以此存活多年，我已完善了自己，3.0世代開啟，能從精煉中萃出更多話語，語言的表述系統，我織成了一張他人期待看見模樣的網，即使是網後或再往後，都能保我安然存在。後來，總有人問我為何寫作，更多人問我為何一夜長大，問題並不是這樣構成的，正確的問題應該是「存活的方式與花費的時間」，至此，我已作答完畢。只是，有時我仍會忽然遮住情人的雙眼，不管是寶石般、大海般或是月光色的眼，都以掌輕輕覆蓋。那樣的眼睛太像暗語，藏有只跟我說不與他人說的告白，是最深情的凝視與窺看。

然而，我無力償還，因為所有的力氣都被我偷偷耗盡，耗廢在如果的事。如今我悄悄跟你說，請你不要跟他們說，其實是才剛修得人身的我，尚無能愛。只能在沒人注視的時候，偷偷向過往所有傷害，一次再一次投遞單向宇宙訊號：

「如果可以，請原諒我。」

「如果可以，我原諒你。」

輯二——

戀愛前
請詳閱公開說明書

愛情物理學

我們曾經是靠著的兩顆星球，
連潮汐日夜都長成了相生的模樣，
但時間的單位永遠不夠久，十千萬億年竟都還不算盡頭。

有一類問題最難回答，像是「某和某掉進海裡要救誰」、「世界毀滅時只剩三人，我必得在A和B中選一個交往」，或是「流落荒島時唯一能帶的一本生死之書」。遇到此類問題，我通常很煞風景，誠實以對，像是我不會游泳、A和B說不定互相中意，更何況流落荒島後，我真的可以活到打開那本書嗎？好吧，如果可以，那我的回答是霍金，與《時間簡史》。

但是，我並不是物理學家，離真正讀懂《時間簡史》的距離，需要跨越的不只一個黑洞。然而，霍金與愛因斯坦，總能在我腦霧心慌時，為我提供未知盡頭的一張全息投影，讓我知道荒涼也有模樣，如此心安。在我心中，他們是詩人歌手與哲學家，而那些理論則像莫內的畫，近看時糊作一團，有點像星雲、像毛線、像我幼稚園乾女兒的畫，遠看時才看出朗朗乾坤，宇宙芳華。許多時候，我也曾人在市井心困荒島，一個人吃一碗豆花吃出了百般愁腸，走路回家，走成了淚眼汪汪。其實什麼事情可能都沒有，世界旋轉地軸傾斜，沒人愛你卻也沒人恨你。這時我會讀一段《時間簡史》（極限就是一段），霍金會以理性時代以來最溫柔的科學，比如黑洞來安撫人心。

我也曾相信，憂鬱是黑洞，道途坎坷的年月與我都被它吸捲進去，陷在無光無重力無法逃脫的黑潮裡，漫漫光年，無路可出。直到在《時間簡史》裡讀到霍金努力向世人證明著「黑洞不黑」時，像是被輕撫後背，低聲安慰「沒那麼糟嘛」。霍金也用黑洞比喻憂鬱症，只是他定義了新的黑洞，二〇一六年的一場演講裡，英國腔的電子男聲替霍金說出：「黑洞不黑，不像從前說的黑暗無望，黑洞和憂鬱症一樣，它們並非永恆煉獄。」他用一生所學，總算證明了有物質能逃出黑洞，甚至通向另一個宇宙，一切皆有路可出，我熱愛物理世界的溫柔。

因為現實總是過於荒誕。比如。我每年陪著母親到她過世多年的父母塔位祭拜時，會在園區散走，許多家庭總在靈位或碑前擲筊，問得卻極其日常，「爸你好嗎？」、「媽，有收到燒給妳的東西嗎？」、「可以保佑我們嗎？」那時我總會想，人走後，茶都涼了、餿了、倒了那麼多個年頭，又是誰在回答他們呢？如果我死了，也得等待輪迴、也得重新為人或任何生命的話，想到就頭疼。

直到霍金從宇宙的霹靂創生中得出：「沒有上帝也沒有人創造宇宙，更沒有人主宰我們的命運。所以天堂與來世，都不可能存在，我們人類只有這一世光陰去欣賞宇宙奧妙，對此我心懷感激。」我更是心懷感激，不用死後百年，還要在虛無間努力回應玄玄玄孫的一句問候。所以這一世你所見所愛的人，全都是一期一會與期間限定，你們當然可以在幾十年間復合再愛許多回，但關於「下一世還要愛你」或「生生世世」、「三生三世」，都是違反物理現象的超自然想像。

所以，物理學也是愛情，比如愛離與相厭，所有的分別都能代入宇宙的生長歷程。即使，我們曾經是靠著的兩顆星球，連潮汐日夜都長成了相生的模樣，但時間的單位永遠不夠久，十千萬億年竟都還不算盡頭。因為宇宙總是不斷膨漲，它像一個吹飽的氣球，曾經最近的兩點始終會越來越遠，直到引力斷失，我們走散與迷航。從此你成「參宿」，我為「商星」，又或者你當獵戶星座，我當天蠍星座，總相隔一整個一百八十度角的星空，日夜成反面，死生不復相見。這就是分手，甚至不是好聚好散。

我經常在愛中研讀物理學，也在愛中體悟舊時讀到的文學作品。

自助旅行時，我去洛杉磯訪友，車在不遠的聖塔莫尼卡（Santa Monica）停留，餐後我飽肚散步穿過一大半的城市，前方的海與摩天輪在加州夕陽裡像將要被火光燒上，城市裡有雨無花，拜擦肩人的花香調香水味，我想起木心那句「花香泛濫的街」，記得是篇散文叫〈明天不散步了〉，他懶洋洋瑣碎地寫著那些好得驚心的字，也在美國。總有這樣靈通的瞬間，記不起名字的歌曲與電影、散佚了重要段落的文章，忽然就記起了，「花香泛濫的街」最要緊的卻是上一句：「我明知生命是什麼，是時時刻刻不知如何是好。」

生命是時時刻刻不知如何是好，就像一部也在聖塔莫尼卡拍的電影《愛瘋了》（*Like crazy*），女主角是後來跑去演了霍金戀人的費莉絲蒂・瓊斯（Felicity Jones）。英國女孩留美讀書時，與男友在聖塔莫尼卡愛到瘋癲，甚至因此簽證過期，回到英國後只能長長久久地努力相見，每當他們見面，相愛總似引力磁力、滿月潮汐一般不可抗拒。

可無法相見的時間裡，卻又能各自愛人與各自安好，一如《愛在黎明破曉時》（*Before Sunrise*）的前兩部曲般，浪漫傷悲的魔力發散。看到最後，連我都想為片中人說一句，「原來愛，竟也是時時刻刻不知如何是好」。在二〇一四年看完霍金傳記電影後，我才回頭看它，與友人討論，他卻相當嚴格，如果能在分開時各自愛人，就不算是真愛，真愛必得是超越距離，非你不可。

也是那年，我正經歷一場自以為撕裂次元與心靈的失戀，那時我也曾下定決心終要走盡前路、走到聖塔莫尼卡的海邊，在那處白牆的缺角邊看看天空，看完就走，好像看完就能走出一切。可時間的刻度，不可逆，所有的過去都只能用來觀望與回憶，它的無可挽回在熱力學第二定律就已被狠狠證實，在此定律之下，即使是時光旅行成真的那天，我們都只能躍向未來，而無法回到過去。我一步步走到未來，不需公式也證明了悲傷與淚水、愛與人皆不可逆回，但真愛是什麼呢？我與友人不同，也與電影不同，首先讓我們先拿掉「真」，這個物理宇宙、愛情宇宙間，最難定義的字，因為與它相對的不是假，而是「虛」。你愛過他一場，但不愛了，可這愛依然不是假的，只是它終究虛化了。

你若問我，那愛會是什麼？我私心推薦，愛是「量子纏結」。

曾有一次，愛因斯坦為了找出量子力學的漏洞，兩個相隔千萬光年的粒子不可能同時有一樣的反應，如果有，必有鬼，於是他提出了「遠距鬼魅效應」（Spooky action at a distance），然後等著它被推翻。然而，愛因斯坦與物理學家們都失望了，目前的所有實驗，只證明了它真實存在，更鬼魅的是，連結時間快過光速。一切皆有可能，你與我、他與她、人與人之間，當一方在冥王星心痛時，另一個同時在阿斯嘉落淚，心電感應再升級，像是 個圓的兩半，共享命運、跨越維度的纏結。

當我在聖塔莫尼卡的雨中走了很長一段路，或許有人在新店的山腳淋雨餵了很久的貓，我們可能尚未相遇，可能已經離散，或者沒有未來。但這一瞬，我們之間的超光速纏結，尚沒有科學家能破解。

不合理卻沒法推翻，這就是世界運行的方式，這就是我對愛的萬物論。

國境之北

為了避險，我逃離南方，跨出國境，
猜想北方的板塊沒那麼年輕，不容易心動震痛，
便把自己穩穩地放在上面。

這座島最南邊的山丘上，有間民宿，叫「國境之南」。在不喜歡讀書，對村上春樹無感至極，連戀愛都談得寡淡無味的長長時間那頭，我曾去過一次。不管是那時的眼前風景或心靈風景，如今都褪成淡淡的檸檬塔

色了。經過甜點店時，若聞到檸檬塔的香氣，偶爾會想，不知民宿是否依然還在？雖然簡單的Google就能解答，但我卻從未按下搜尋，總有不需要回應的回憶。

我喜歡南方，溫暖或炎熱的空氣濕度甚高，像水的觸碰，和時間有同樣質性。時間的河流裡，我卻從未向南流，讀書待過的中國北方、陪情人旅居的英國小鎮，一直不斷地北遷中，我終於習慣被乾硬如沙土的空氣或寒風包裹、冷冽切割。時間河的下游，我們都從獨木行舟，變成泛舟，開始漂移甩尾的人生，我牢牢坐穩，半次都沒有被丟下。

具象一點的說明，不久前與恩師和出版社令人心安的前輩午茶，她們對於我每次談起身世或際遇的淡定感，提問：「妳難道沒有爆炸過嗎？」感冒剛癒，我努力壓下喉嚨更深處的一陣乾癢後，用沒有水分的聲音回答：「沒有。」

沒有爆炸過，沒有被時間丟下過，一次都沒有。

曾經因為工作的關係，大量讀起心理學，某本期刊談缺乏愛的童年，也能形塑出人格優點，比如獨立（接近孤獨）、比如堅強（接近隱忍），因為那人會知道，所有的投遞索求不過有去無回，半自動地活成了一個喉輪空白的人。我在心內聳肩，雖然有輕微的被點點肩頭感，但還在可以忽略、忍住不回頭的範圍。沒有爆炸，沒被丟下的原因，比這些都更簡單自然，因為我知道不可以。

雖然我是「可以」壞掉的人，像出廠時楦頭微微失準的名牌鞋，沒被汰換掉，放在店面優雅好看，但只有穿上的人感覺得出來，這是一雙不好穿的鞋，咬腳壓趾。可以壞，但是始終沒有壞，我的人生技能是，爆炸前強制關機。

習得這個技能前後，我經常想起「國境之南」，只是這回是村上春樹的小說《國境之南、太陽之西》，其實它也是一本人類分類學的書，而不只是愛情小說，比如主角阿始的自白：「我以前也有過類似像夢一樣的東西……不過不知不覺，那些東西就消失了……我把這些東西扼殺了，也許是靠自己的意志扼殺掉，捨棄掉的。」相較於三十七歲終於來找他的初戀情人島本，或許島本的後方，是另一片世界的召喚，美麗之人走向的太陽之西，「那兒可能什麼也沒有，可能有什麼也不一定。不過總之，那是個和國境之南有點不一樣的地方。」

現在品味這句話，腦內的人生翻譯豆腐自動轉化成一句：「人是可以壞掉的哦」，那比太陽還西邊的另一方，是西方極樂園或西方極苦地，南方之人，怎會明白？

而我卻是北方之人，我和小說中的阿始一樣，有些東西早早就被意志扼殺掉了。長河往前，離阿始和島本重逢的三十七歲，漸漸地近了，卻還是有好幾年的間隔。現在的我，尚無法揣摩未來自己，從前的我經常這麼做，卻只是一次次的失準，前方的路不只難測，更充滿不測。十七歲到二十七歲間的跨度，是寄居蟹換了無數次的殼，若與從前的海重逢，已無相認的可能。二十七歲至三十七歲，浪蕩過了一半，不用十年，已是灰飛煙滅、轉世再轉世的自己了。

雖然我沙啞乾燥地說著「沒有爆炸過」，但並不是沒有發生引起爆炸的事、遇見值得核爆的人。爆炸也分等級，油水相遇的爆開與榴彈、煙火、火藥、飛彈或是核爆，各不相同。我曾遇過許多壞掉或是爆炸之後的人，有些會好起來，有些人扛不過心靈炸開後的血肉糜爛，離開自己與他人的人生，更多的則是不好不壞，身後影裡缺手斷腳地走了開來。

嚷著會死的人，總是沒死；自制的人，卻總深情。

這是我的觀察報告，雖然也沒什麼大不了，比如總是嚷著會死的C，他擅長把每一次戀愛，尤其是越自溺自苦的那段，談成經典。如果感官是潮汐，C的漲落變幻總隨著喝多喝少、夜深夜靜，鬧強轉弱，但月亮是恆定的朝向過往，每段時間的過往卻可能不同。越是遠離他的，他越趨近，我在不知第幾次的安撫和陪他一起回憶後，冷冷想起不知他心魂所向的人們，可能都已進化成C無法記得的模樣了。然而，C只顧一往情深，不在乎一往無回。C在深夜裡大約死過幾次，不肯睡不肯走不肯停地哭鬧，撥通再掛斷記憶中的號碼，剜割骨底的創口，流整夜的血淚。我曾以為他會真的死去，但酒醒天亮後，掛著黑眼圈的是我。

C始終沒死，說不上活得多好，後腳絆著前腳依然談不好新的戀愛，但那些夜裡的自爆，原來只不過是舊傷口浮著的血泡，戳破時疼得不行，每一個都會留下醜怪凹痕，但依然好手好腳。

可是也有像B的人。B的婚禮還在眼前，他的新娘後來成了他孩子的媽媽，卻在產後憂鬱中，從住家樓頂跳下，B趕回家時，孩子還在床上哭睡睡。B請了一個月的假，再出現時瘦脫了形，可依然溫柔，我細細留心他與客戶、老闆說話，與之前相同理智沉穩，沒半點走樣。我離開那份工作，去到北方再回來島上，B的孩子已能為他唱不同語言的生日歌了，曾經的同事造訪B家，婚紗照還在床前，生活照擺滿電視櫃，一點灰塵都沒沾上。

我打開B的社群網站，那麼那麼多個夜晚，累積成年月經過了，才發現每一則他與孩子的打卡，新娘美麗的名字依然與他們在一起。但B依舊帶娃運動、煮飯安睡，只是我知道，B的身影裡少了自己，他用離開之人的影子取代了。這是一場無聲的爆炸，像是核爆過境，他體膚安好，但臟腑俱毀，一生再加上一生的時間，都不會好了。

我不爆炸，因為我知道自己體內藏得很深的核心，蓋有一座巨大的反應爐，穩定的核分裂、熱發電著，每當有離別為名的地震發生，最高安全機制自發啟動，冷卻、暫停、退守，最多就是割讓出一塊心上的地，任它變鬼城荒塚，總好過一場浩劫。我不是車諾比，那沒有發生的爆炸，永不會成為自己與他人的大耗竭與大浩劫。

為了避險，我逃離南方，跨出國境，猜想北方的板塊沒那麼年輕，不容易心動震痛，便把自己穩穩地放在上面。那次飛行，是我離臨界點最近的一次，十一小時的飛行裡，眼睛脫水的乾，但我相信若此時有人在飛行闇弱微光的艙內，看見我，必定是看見了那正搜尋般、記憶體閃爍的雙眼，我不斷調閱資料，沒睡著沒進食也沒有哭，終於把一切冷卻。

十一個小時，我便把所有的分離相遇，不管是再見還是去死，都簡化成一句「I miss you」，因它萬用百搭。加了過去式ed，I missed you，

「我錯過了你」，思念產於錯過，錯過才能思念。就像有時你會知道，你與這個人必得錯過了，那是一個瞬間，你體悟到再愛他都只能跟他一起活得好或一起過得壞，但還是不能一個好、一個壞，尤其不能他好、你壞。而他也是如此。再往前，就只是錯，而不是錯過了。

客艙燈亮時，我問自己，三十七歲時，我的島本會來找我嗎？卻忽然發現，我是女性，所以我才是島本，真令人不悅。果然，經過這麼多年的實證，村上還是只會寫男性，他的男性才具有普世的共通性，比如軟弱與缺陷，能具象心靈，而女性全是幻想的林海、異境，連不完美都美得不真實。

二〇一五年，村上春樹於他的生日月時開放了網上信箱，回答讀者提問，其中這樣定義了貓：「貓，有時候會突然消失。所以當貓在你身邊時，要好好愛牠親牠。」我認為很接近他筆下的女人，村上不懂貓，也不懂女人。但他卻也誠實說了：「我有想過做貓嗎？沒有啊。倒是想變成風。」看來他也不想做女人，我便釋懷了。

再說回那次飛行，我在途中聽了幾首歌（當然是飛航模式），只一首被重播兩次。小時候讀到漢代李延年寫的：「北方有佳人，絕世而獨立，一顧傾人城，再顧傾人國。寧不知傾城與傾國，佳人難再得。」不知什麼線路錯接，未曾覺得是寫美人的句子，若有填空題挑出文眼，我必錯答為：「難再得」。濃墨鮮妍的不該是無聊美人，應該是北方、是不可再得的好時光。前幾年，中國民謠歌手宋冬野唱的《關憶北》那一句「我的餘生卻再也沒有北方」，我在歌詞也唱到的大不列顛廣場上，反覆消化，再將它帶上飛機，聽了兩次，終於確定線路沒有錯接。

千年前的宮廷有佳人與舞樂聲，那時的人也愛人；千年後滿是流浪漢與鴿屎的北國廣場，我們還是得愛人。所以，文眼不應該是副歌那句，

「你可知道你的名字解釋了我的一生」，我重新選擇，你參考看看另一句，「我說去他媽的愛情，都是過眼雲煙的東西」，應該更為實用。

不管我是島本，島本是誰，三十七歲時最好誰都別來找我，請大家過好自己的三十七、四十七或五十七，這是我下飛機時的感悟。人生的勇敢度測試裡，藏有一個刻度比爆炸或不斷地爆炸更艱難抵達，便是忍著不爆炸。那到不了的南方、回不去的北方，便是錯過的人與避開的愛。時間的舟上我穩穩坐著，只剩自己一個，航向未知。

壞掉的人別心慌，不壞掉的人生，可能才是更可憐的人生。看似丟下了很多人只為往前，但其實，他才是被留下的那個。國境的不同方向，太陽或月亮的各個方位裡，沿路都是傷兵敗將。可遠遠看去，遠方總比身旁美，像永遠辨不下簽證的古國，有檸檬塔的色澤與香調滿溢。

切掉歌曲時，南方的海浪聲被高空氣流壓成了漩渦，才發現，我已沒有更北的地方可去。

女鬼阿吉

愛上了別人要怎麼說？
發現終究錯愛一場更不好說，
愛過但不想再愛了，更是說無可說。

我們或許都曾經在電影、連續劇與情歌裡，形塑愛情，像是捏麵人般捏出未來的臉、喜歡的臉、幸福的臉。在紙上默寫的歌詞裡，演習完從初次相遇，到分離重逢的所有劇情。或許暗自得意，人生已然學會各種不同形貌的告別，並能應付那些值得流下眼淚的所有感情。

但是情歌沒有告訴你的，也沒有教會我的是，其實愛情，並不一定都值得。那些不值得的人啊、愛啊，成為了切開年輪後大病般的那幾年，烏黑瘡疤，壞蝕了前後歲月。

如果人一生非得壞掉幾回、愛過幾個人渣，我經常在人生愛戀的中場、過場時，思考這個問題，我遇見那個人渣了沒？

某年春節前，我在烹飪體驗課程裡學做牛軋糖，賣力旋轉著麥芽糖漿、蛋白時，忽然悟得，人渣和牛軋糖的方程式大略接近。你大費周折，以為愛可以死生契闊，以為糖可以綿密柔軟，卻不過轉暈了頭、瘦疼了手，一個下午換來幾塊糖果，學費還比你直接買個半斤一斤得多，不對等的交換，就是錯付。但更可惜的是那些眼淚、再多眼淚，都喚不回的什麼，你連它是什麼都還沒摸透，它總歸就不是你的。

可是，我們不早已經習慣這樣的世界了嗎？我們從小都習慣了，前三名的口頭禪是：不讀書、濃妝妹愛說自己純素顏、工作時數總反應不到薪水。所有的努力都不享有對等回報，既然如此，憑什麼愛就要回應你呢？愛，終究不是一種宗教或信仰，更何況有求必應的神祇與願望，糖心包壞心，往往都是神棍或邪靈。

我們都成了集體降靈般走在夜路上的一群人，什麼時候開始，愛的編年史不再是羅曼史，而是黑歷史。在夜路上談著戀愛，就忽然懂了，或許年少時愛的參考書版本根本錯誤，迪士尼和日劇、韓劇全都是騙人的，相愛不會佛光燦爛、飲水就飽，相愛必然相殺，玫瑰之夜或鬼話連篇、藍色蜘蛛網的愛情，才是世間常態。所以情字一路，確實是在走夜路，夜路不可怕，誰遇鬼才可怕。但愛的食物鏈裡，仍有公平，比如，不需要者並非從不需要，只是不需要你，棒打老虎雞吃蟲。於是每個人的一生必愛過幾個人渣，或自己就是那個人渣。

遇鬼前的我，鐵齒銅牙硬是把八字活得比八萬字重，嫉惡如仇，愛的是非對錯裡，我必打著燈籠成為夜巡者。那時的我，經常在愛中抓鬼，其實抓鬼與抓猴沒什麼不同。滑ＩＧ時，看到朋友的曖昧對象，和未婚妻拍的海島婚紗，問題不是分享不分享，而是要多轟轟烈烈，才能大快人心。新的男同事向我自白，在每次來台北出差必帶他入住六星酒店，客房服務當歡樂送的大叔與除了帥氣什麼都沒有的小男友之間，他對於自己是０號還是１號的認同，被鮮花禮物弄得糊塗時，我也可以氣到吃不進午餐和下午茶。

最初的愛情，總是很像最初的政治，相信有大是大非，相信有一個人，他不會貪心不會黑化不會說謊。直到有天，我終於遇鬼，那鬼雖不是什麼紅衣厲鬼，更不是什麼頂級渣男。鬼魅的常身，不過是都市傳說裡，深夜十二點對鏡削蘋果皮斷掉時看見的鏡中女鬼，她幽幽怨怨，有我的眉眼，可能也愛過我愛過的人。從鏡中伸出手來，冰涼卻有力地拉著我，問我：「你為什麼不相信了？」

因為我也不是最初的我了。我的道德觀，不再那麼絕對，誰當小三、誰背叛誰，那些嚴謹的是非對錯，不也都是後來的後來才被世界命名附加的，最初的原型，不過都是一團霧中，那只能用手去指繪無以名之的騷動、悸動與心動，三位一體。有些夜裡，我想過反手抓住女鬼，拉她出來說說話，像是對與錯其實不夠衡量世界、像是相信與不相信之外，還有別種狀態，把這些年對世界的心得一口氣說給她聽，至少說給鬼聽比說給人聽安全，但手未舉便收回，因為人生最終都只不過兩件事，關我屁事與關你屁事。閒言屁事，何必叨擾一隻女鬼。

不知何時開始，讀書與愛戀，都難以再收斂起生活與愛人時的散漫心，感官被煙火氣鈍化，感動被記憶擠到邊邊，再被生活碾成碎片，我越活越驚懼自己或已成為他人命中的人渣。但仍有些例外，例外的人與例外的字，比如讀魯迅的一些字時，總還能再感驚心，這份驚心是某種帶著針刺的提醒，是大餐間的酸果雪泥、是香水鋪裡擺的咖啡豆，是不論活得多麼通透都能再透析入心的存在。

不想寫與劇荒的日子，偶爾會一再重讀魯迅的《而已集》，特別喜歡其中一篇〈小雜感〉，它比所有晚近讀到的大獎長文，更觸擊我心，魯迅寫人間喧鬧也寫大實話：「樓下一個男人病得要死，那間壁的一家唱著留聲機；對面是弄孩子。樓上有兩人狂笑；還有打牌聲。河中的船上有女人哭著她死去的母親。人類的悲歡並不相通，我只覺得他們吵鬧。」像是被賞了兩耳光，我端起身，忘了在公車還是高鐵的座位上，深怕鄰座人發現地闔上書。

怕被發現，我與他人的悲歡確實斷了訊號，不再相通。友人被負，家人臥病，行人痛哭，務必先確認我的責任歸屬，除此之外，世間確實不過一場巨大的轟鳴。竟分不清，從前的俠義前行，是不是一場歷時多年的角色扮演。後來的戀愛中場與過場，當我一次次地審視誰才是我的黑歷史時，想隨書頁一起關上的，是我無數次看見與重現的，每一段戀情最後的爽約與失信。不是他人，全來自我自己，在不同的城市街邊與年歲髮長裡，相同上演。

畢竟，愛上了別人要怎麼說？發現終究錯愛一場更不好說，愛過但不想再愛了，更是說無可說。那些不好說都成了不說，答應對方要好好說，終於約在能一邊說、一邊吃的燒肉店談判，直到他站上了店門口，轉成飛航的手機和在遠方的我，至今都沒有為此說過一句，不說了，或是，抱歉了。

於是每段關係的最後，不外是從飛航再轉成了迷航，昏昏沉沉蓋上牌面，結束這個回合。放下手中的魯迅後，終於清算完，我最黑的歷史是自黑，所遇最渣的人與厲鬼，皆自己。不能確定的是那些我負過的人，曾用多狠厲沉重的話語罵過我，暗暗揣想，王八蛋的話還算客氣，渣女我覺得就太不客氣了，畢竟我也不曾弄大誰的肚子、真的拆散世間家庭。

嘈雜世間，我嘗試靜默，卻可能在不小心間活成了冷漠。去年將結時，所有的朋友都報喜似地來和我說，摩羯座新的一年會多麼好運，揮開沉寂已久的低盪。我沒多大歡喜，因我正前所未有的感受到一種困局，母親車禍受傷、我久病未癒，有所愛之人與親近之人在不同的景況中，都對我說出「冷血」一評。然而，我的無聲與靜音，不過就是想換得別人不覺吵鬧，所有我覺得傷人的、負擔的，不管是文字與話語，甚至近況，我都不給他人。

以此渡日，卻渡不了任何人，甚至溺了自己。在低迷病中，高溫把棉被都壓得冰冷，發不間斷的夢，卻一次都沒夢見愛過的、負過的人。母親也在病裡，好幾次我咳到起嘔，明明什麼都沒吃，胃裡卻湧上潮溼黏膩的事物，眼裡是乾枯一片。恍惚間母親似乎傳了訊息進來，她無力照顧我的病，有沒有其他人可以照顧我呢？

在如此深沉分不清訊息和母親，誰才是真實的片刻，我竟回訊：「我不相信任何人。」病終究好了起來。

幾日後，我打開手機回覆積沉的訊息與郵件，確實看到自己與母親的對話框裡，有過這段文字，清清淡淡地藏在之間。但確實是我長長一段時間以來，最沒有包裹其他安全網的真話。

時間打住，時間分岔。

另一段數年前的時光，也在病中迴光閃現。那時的我，剛在出版社老書局裡上班，午休熄燈一片的辦公室裡，我喝完沒少冰沒少糖的奶茶，甜甜地趴下就睡。下午一點半的上班鐘響，我從酣眠中抬頭，竟有不知時間行走到哪裡的遺世感。我還在某間教室裡、還在某段童年裡，一覺而起的時光，眼前的平面螢幕，卻映現出我如今的樣子。孩童的我驚懼要跑，來不及走，桌機響起，怕吵到其他剛醒的同事，我拔起話筒，卻心急口誤把公司名的書局，說成「ＸＸ書吉」，驚醒一整片的同事主管。

那個鄰座的女孩，我想說的，不過是那個鄰座的女孩，從此打趣叫我「阿吉」。走了很遠後的我，偶爾也會想起阿吉，跟那段午休能夠香甜沉眠的時間一起藏起，藏得很深，但仍然是在心底的。鄰座的女孩，會塞給阿吉各種零食、說最胡攪蠻纏的笑話，最重要的大概是，鄰座的女孩相信阿吉。她的心事、家事與秘事，阿吉全都珍藏，因為阿吉確實是值得相信的人。

我想，替我回應母親那段真心話的人，就是阿吉。阿吉與鏡中女鬼，是我心底的雙生花，美的那個需要祭品，笨的那個大概把自己活成了祭品。病好了以後，心中似乎生了漏洞，會忽然腦抽地上網找起燒肉店餐卷，一次買個六張、八張，想寄給那年自己失約的男孩，請他務必找更多女孩吃回本，我知道這是阿吉幹的事，真不知道阿吉在想什麼。但鄰座女孩，卻像心電感應般出現了，我們離開座位前後的時間裡，她從大學剛畢業的青澀，轉眼奔三。

如果說，小時候的年月是以朋友、畢業、初潮與各種紀念建立的，後來人生的結繩與斷代，卻是病中、苦中、痛中的輪迴。女孩被人世病苦，生離與死別糾纏，但仍然把最柔軟一塊的祝福，像刺蝟的軟嫩肚腩翻敞給我，或是說給她心中的阿吉。那一塊柔軟，金澄般質地，發出有溫度的光，我打開病時不知哪日寫在手機記事本裡的一段文字，微小光苗染過它：「無窮的遠方，無數的人們，都和我有關。」不是我的字，是魯迅在一次大病尾聲寫下的。

我在病的尾聲，可能是某次終於咳出黃綠鼻水的痛快後，像是被掐住的喉頭一口氣終於通順，終於同時承認黃鼻涕確實代表快痊癒，與，活著的必要是帶有欲望。想道歉、想呼吸、想與人相關，全是欲望。完美的文章我寫不出來，正如完美的愛我成就不來（阿吉對不起），因為我是充滿欲望，迫切活著的那種人，只有活著才能繼續看見最糟的、最好的自己，全部的自己。我確實如人指控的冷血悲涼，有發散鬼氣的報復心；但我也真的想對許多人好，想看到鄰座女孩或路邊小娃的笑臉，不需要收取回報。

大病始終是人間方程式的捷徑，想活著、想活好時，才能終於看懂所有的衝突橫亙間，互通的真理是，人生矛盾。

所以你一定愛過人渣，或成了誰生命中的人渣，互為一體才夠矛盾。畢竟連魯迅，也有悲喜並不相通，或是無窮無數都和自己有關的不同時刻。我們都是這樣，有時自私，偶爾大愛；可以愛，也可能不愛。燒肉店的餐卷沒有期限，被我扣在了抽屜，任夜裡白天、病中作樂互相拉扯，有一天可能被阿吉寄出，有一夜或許被女鬼自用，我不定奪也不說話。我只是出門回家，卸妝刷牙，看見鏡中的我，偶爾女鬼，有時阿吉。

新的一年剛開始，今天的我對鏡思考了比較久，鏡中她又喪又乖地笑著，一時陌生。她自我介紹，新年快樂，從今以後是女鬼阿吉。

請登出遊戲

在別人的故事中旅行，
其實很接近遊戲，
換成自己的故事就變演戲。

世界充滿未解之謎，科學與數學相加運算，也有未能破解與未竟的想像邊界，那是超越尼斯湖水怪、百慕達三角洲與麥田圈記號的存在。雖然我也曾在補習時間、夜讀時間、論文時間裡，豪擲大把水晶一樣的光陰與咖啡廳收費電源，穿越超自然現象解析的網頁，從知乎到Dcard，運轉我這一縷光纖能連動的所有搜尋引擎，換得一句「浪費時間」。

然而，這三界人間所有碰觸、畫面皆是隱喻、皆為編碼，能搜尋到解答的往往只是提示。比起外星人是否存在（因為一定存在），更令我苦思糾結、不能自己的，經常是語言或生活，甚至是那一間市中心蛋黃地段裡的無人咖啡廳。有段時間，我賃居在北城最高樓邊的住宅區裡，為著方便，偶爾會和朋友相約一間比從老舊電梯坐到一樓更快可至的咖啡廳，談笑間會不爭氣分心，因咖啡廳本身總比朋友近況神祕。

每當我拿起印有店名的厚織餐紙擦杯緣上的唇痕時，總會一邊幫忙計算平日晚間的營收損益，左前方是咖啡廳的標配不愛說笑的老闆，他正凝神沖一杯咖啡，不短的談天時間裡，洗手台沒有待洗杯、自助水壺在我們之前無有使用水痕，更沒有再推門進來的其他客人，一小時後，就到打烊。無人咖啡廳營生手法，比朋友認真說明的工作內容刺激許多，不管他是被獵人頭獵去的高薪打工仔、還是低薪跨國主管，從家族辦公室到避險基金，這家咖啡廳都更像一場大冒險。

道理不外如此，當避險基金都有風險，戀愛一定也有風險，連談論本身都帶有風險。然而，這家咖啡廳卻憑藉著高度無人，以及老闆的深度安靜，成為了我評比觀察後安全等級最高的低風險場所。每當日常響起有人需要傾訴告解的召喚鈴時，我便現身在此為各路友人提供服務、提供樹洞，聰明的人可能會想問，更聰明的人會選擇不問，「那麼妳的樹洞呢？」

發問須有禮貌，故事請別中斷，文章最後才開放現場提問。

在別人的故事中旅行，其實很接近遊戲，換成自己的故事就變演戲。

女友C在伴侶的花式暴力裡盛開，家暴、語言與各式冷暴力，逼使她向不同網路與現實中認識的人張開雙腿，情慾寫成的花間集裡，她終於修成所有人眼中最好的太太與媽媽，又或許是最好的情人，這只是基本的三字經、鬼抓人，與間諜遊戲。

後來，更常見的另一款遊戲是「密室逃脫」，人們得輪流抓住先轉身愛人的手、輪流戳破謊言，「證明你不愛我」永遠重要過「我很愛你」的自苦自傷，風行不墜好幾年。終於，遊戲難度進階，勇者直面惡龍，惡龍卻穿起西裝，學家鄉科博館裡的模型龍群，說起了人話：「既然我們都長得足夠老，說好不打臉、說好不動手。」就這麼玩起了團康遊戲。

團康遊戲永不退流行，會退流行的，不過是玩膩遊戲的一代又一代淘汰者。

我在咖啡廳裡收集遊戲心得，當朋友W把espresso當成野格炸彈，一口shot盡時，那是我第一次看見老闆的眉毛有接近挑起的波浪，但咖啡廳與我還是耐著性子聽完。天黑請閉眼，天亮才抓狼，她在愛中玩起了「狼人殺」，參與人數不定，但藏著的狼人總能在天黑時隨心殺掉他人，可她總是抓不到狼，也當不成狼。那麼多的玩家、那麼多的線索，有人看著她的眼睛說：「我救了妳，信我」；有人搖著她的肩保證：「他才是狼人，聽我」。

就像那個男人，帶著她上山登樓，在溫泉山莊的萬家燈火裡，說了一句「等我」，卻在不久後被她發現帶著另一個露肩洋裝女孩，走過一致的套裝行程。「跟女孩約會不一定有鬼，但露肩與露鎖骨的絕對有鬼。」她對我透露觀察，再乾一杯espresso，我只擔憂她一字領長衫底下，今晚的心悸、今晚的無眠。雖然，我不是遊戲王，卻也不是低端玩家，從她喝軟飲也能喝出野格炸彈的風情裡，我早有預感，狼人殺遊戲裡，她的角色設定絕非平民，而是獵人。

獵人牌，規則如下：「當獵人死亡，臨死前可以隨意帶走一名玩家。」

這一回，W抓到了狼，卻又抵不住狼殺。可她眼尾輕輕挑起，似乎想喝我的熱可可，我把杯子往後移，她才說：「溫泉山莊拍下了狼的裸照，當作聖誕禮物發給了他們公司上下。」我溫柔問起她渴不渴，咖啡廳老闆仍在遠處無聲，只眉眼的波浪像被槳平。這是惡龍的團康，愛與被愛的狼人殺。

此去經年，是真的很多很多年後，當我開始演戲，不聽遊戲音也忘了世間有遊戲時，我已不在這城裡生活，而是在碎片裡生活。碎時淬微光，裂時沾樂聲，管它好壞，眼神看起來光鮮飽滿，就似神佛傍身。我與如今眼神也能折散各種光源卻不再透光的老友臨時相約，採訪行程後走進舊時巷，無人咖啡廳裡老闆凍齡，杯盤也如從前模樣。

卻還是不一樣了，不一樣的不是我，也不是咖啡廳。在經過了其他不同語言、滿座與無人皆能自在的寂寞練習後，資料庫終於支援擴充完成，咖啡廳和餐廳、理論與旅行，原來全是人生副本。那台舊時看來沉悶的義式機，如今像珠寶盒一般冷硬性感，是訂製款的Slayer；在Anfim磨豆機旁，另一台竟是得過獎項與昂貴等身的德國工藝品牌Mahlkönig，終究那些計算客人與地段租金的夜晚，是我錯付了。更別說散置各桌與牆板的燈具，全是Kaiser Idell如今經典依舊、矜貴倍增的三十至五十年代老件。我在燈前嘆氣，懷念從前模樣。想點一杯熱可可，怎麼斟酌字眼，都有點害羞。

老友卻在我的副本體驗裡，風火雷電走了進來，點了杯拿鐵後與我對坐，在我正想阻止他撥弄桌燈開關時，忽然說出口一個名字。每個人都有這樣的一組名字，隨別人稱呼它為佛地魔或「那個人」，你都能秒懂。說完名字的瞬間，我們像是重新回到遊戲現場，這回是經典遊戲「海龜湯」，當一人說出事件結局，眾人開始發問，通過問題重建故事、重構廢墟。海龜湯就是廢墟，總會有人在故事中死去或受傷，舊世界被風暴毀壞，我們還非得在斷垣殘瓦中，不斷進步。

我邁步發問：「那個人，怎麼了？」問題撤回，問題句型限定是非題，對方只能以「是」與「不是」或「不重要」回應。退回重整，我再嘗試提問：「那個人，不好嗎？」老友點頭再搖頭：「是的，不好。」遠方老闆似乎近了一些，我拍掉老友第五次打開桌燈的手指，忽然厭惡起被偷偷擴建的人生副本。

法國曾經有個狂暴挑戰禁忌與語言底限的作家巴塔耶，我對他有不同解讀，他應當是理性溫柔的觀察者，只有溫柔的人才能寫出：「我認為知識奴役著我們，所有知識的基礎都帶有一種奴性，與對一種生活方式的接受，在這種生活方式中，只有與其他人事物相關時，才能產生意義。」也只有溫柔的人，才能意識到暴虐存在。老闆更走近一些時，我領悟原來遊戲與演戲，都是奴性，我不敢關燈再開燈，我好奴；精品咖啡店裡點不下熱可可，我更奴；朋友認為我的存在，必得與某一個名字相關才夠動人，他最奴。

老闆終於站在燈旁，開口發問：「所以，一杯熱可可嗎？」這才是海龜湯正確的問題，生活裡最緊要的問題。

「是的。」

所有的故事都被還原，當廢墟傾頹，當你登出寂寞的遊戲，請看看我們已走了多遠。

文章的最後，再沒有時間，今天不開放提問。

輯三

不務正業的那些事

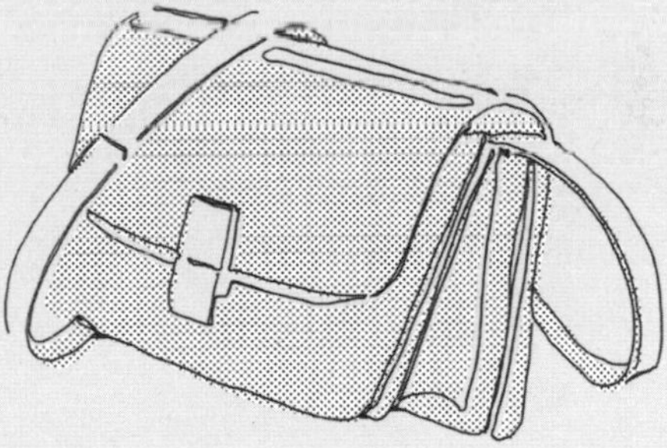

所有的喜歡在抵達愛之前

我只在文字裡不良與念舊，日常裡秉行良善卻絕不回頭。
也開始不怕向人展示雙手，你看，是這雙手撫摸一切世間粗糙與細緻，
也是這雙手寫字吃飯、喝茶買包。

我一直覺得我有病，但不是那種平常罵人「你有病」的病。而是另一種藏在皮囊與血管之下，像瘋長的藤蔓永遠只占據荒宅老屋一樣的病。它總是等著人在精氣神衰落時，一夜長大、一夜來襲。

慮病感，從很小的時候就與我形影作伴。我的膚色偏白，卻是像被混進青色染料的粗白瓷，不是裸白、奶白或是珍珠白。不知何時開始，大約是在初潮來臨的許多年前，便從左邊心口尚一片平坦的乳房位置，長出咖啡拿鐵般的淺褐色斑點，一路向上從頸側漫延至下顎，奇異地只停留在左側身體。小學時，曾被一個膚色白而勻亮像今日韓星般沒有瑕疵的小小男孩，說了句有很髒的身體，因而多年側分長長瀏海。十六歲前最喜冬日，因能穿上高領毛衣，遮住那從心裡長出的點點心傷，這只是其一。

因為白與遺傳的乾燥皮膚，我的小腿一直浮著某種上古卦紋的皸裂，從童年時便被媽媽抹上各種乳液，卻只在夏日時稍有緩解，每入冬日便常有血絲從裂紋之中偷偷生出，它蔓延生長直到我長人。長大後，在我網購的國外精質乳霜、高濃度燕麥乳、按摩精油、植粹菁露堆滿了浴室的置物架後，小腿的微微血孔終於密上，紋路只在很近很近時才能看出，終於摸不出異樣。到我能脫下牛仔褲，穿上短短衣裙，已是二十七歲後的事，我像終於得到雙腿的人魚，不求完美，只許願與常人無異。

胎記與慢性皮膚炎，醫生也能解決的問題，嚴格說來卻不算病。或者畏懼不美，才是世間最可怕的病。這是一個醫美如醫病的現代，憂病而行，一路上我遇過許多病友。有個五官深刻，從眉骨、鼻尖到肩頰與手指骨相都極美的老友，結婚生子數年後，忽然一晚急忙來電，說怕自己又懷上了第二胎，我的恭喜卻換來她的大哭。原來，她終於約到了一個南部名醫，能為她補平臉上跟著她一路變老當媽的水痘疤，「但是明天就要手術，還要全身麻醉！」那個當下我聽懂了，她說的是：「即使懷孕都沒有明天重要！」而另一個朋友，她有著我的雙手記憶過最頂級如鵝絨的膚觸，肌膚是驚人水樣的飽滿，手掌握起來還有剛剛好的汗濕度，在我心中堪稱皮相頂配的她，卻也曾在相交多年後，向我私人告白，與男友親密時從不開燈，因為臀上有一個巴掌大的青黑胎記。

我們都是有印的人，就像我只看得見她們藝品般的骨相與膚觸，但這些瑕疵積累，卻成了不敢直面別人雙眼得躲躲閃閃的病徵。在我所有的瑕疵裡，也有一件不得與所愛之人躲藏的——我的雙手。我總是羨慕有一雙飽滿雙手與平滑掌紋的人，那樣的手就像綢緞一般，不磨愛人的掌心。偏我天生就有一雙早早蒼老的手，細密如刻痕的紋路縱橫在手心，隨著年歲再慢慢擴至邊緣、手背接近腕脈，不論心情與大晴，總無汗而乾燥，在很小的時候我就學會將它們壓在坐臥的腿下、藏匿雙手。於是，比起與愛人接吻，我更懼怕第一次牽手、第一次交握，畢竟所有的喜歡在抵達愛之前，都得通過雙手。

當我不只一次向牽手的男孩與男人訴說掌紋的由來，有人捧起雙手以指間在其中迷走、有人命理大師般地分析起一生的情路職涯、有人暗不表態，只在情人節時送上一盒各家護手霜，有人與有人皆沒走到之後。只好就這麼與我的手，崎嶇愛著。

但我感謝現實的崎嶇，比如一場真正的大病，或是在最美的年紀遭遇最痛的劈腿。崎嶇，讓我們知道憂懼不美這病有多膚淺，再讓我們接受：「對，我就是這麼膚淺。」膚淺地活著，是輕盈的，反正最後我們都只能活得很重。變重的過程裡，我漸漸能與這雙手相處，甚至發現它適宜觸摸，觸摸一切不光滑甚近暴烈的質地紋路。

在我觸摸過的物件中，有幾樣留下很深的觸覺記憶，我曾在恩師的家中拿過一組從日本岡山背回的茶具，柴燒窯裡特有因為極高溫而產生的木燼落灰，成了我掌中粗礪卻鮮明的重量。席間，有人說這杯與壺皆不美，我握住杯身的手緊了一緊，像是第一次被愛人挑剔為何有雙不柔膩的手。才想放下杯子，卻被它以自身細碎砂石般、不平整間透出的茶溫安撫。

那是記憶中第一次，理解一種肉身不美之美。只瞬間就察覺，在輕重之外，時間開始有了之前與之後。而後，我只在文字裡不良與念舊，日常裡秉行良善卻絕不回頭。也開始不怕向人展示雙手，你看，是這雙手撫摸一切世間粗糙與細緻，也是這雙手寫字吃飯、喝茶買包。

既然那些醫生也醫不好年少的病氣，總會自己好起來，那有什麼是值得一提與必須記憶下來的事物？比起一段戀情，我更偏心，一個包包。請不要稱它為手袋、皮包或包，必須是「包、包」，雖然疊字卻不能太纏綿，它是輕柔而慎重地重複。因為，在所有的時間裡，與每個包包的相遇，都是絕美而沒有瑕疵的。即使是一只古玩店淘來的舊包包，在那個當下的滿布瑕疵，都是完美。

那些陰天的自厭時刻，有賴好幾個包包陪我走過。比如說那個連鎖成衣品牌不到台幣五百就買到的合成編麻袋，陪我走過各種意義上的山海。包不知在何時退場，是翻倒了什麼黏膩的飲料，或是進了太多抖不盡的海灘細沙，已無法回想。還有那個有巨大復古珠扣的側背包，最喜歡開關它時清脆而爽快的聲音，兩者都是我所缺失的。我用乾燥多紋，線路如一縷縷篾片橫散的手，細細撫過了帆布、麂皮、真皮、合成皮、塑料甚至毛絨絨的包款，名牌與無牌，在每一個與它們共處的蜜月時光裡，無論失敗或不美，都不再需要醫生、醫美。可惜再無敵的包包，終會失效，或許一週、可能數月。

當然，總有些逸品級、神話級的夢幻包包，它們無關價錢，從b牌的紅酒色硬皮相機包、mg牌的那被翻譯作「女神」或是「仕女」都無限優雅的Lady包，到C牌經典沒有logo紋身的Box。若把我化作一個包包，都想長成它們的樣子。即使是這樣的包包，仍有時效性，所有的美都是不夠的。也有人說包能治百病，如果一個不能，那就兩個。但就算一次吃完兩個便當，下一餐也依然會餓。

包包教我的，與療癒無關，說穿了始終是膚淺的事，也可能沒教會我任何事。但與它相對的重，遲遲或早早都會提醒你，再不甘都要接受自己的樣子。所以我學會在喜歡一個人時，不論男女，都坦然握住對方的手，找到放置雙手的方式，像是牽好一只包包那樣，把瑕疵視為釉色，用粗礪編織時間，活成一種自己的材質。

媽媽粉

上衣總會因為摩擦起出點點毛球，
男孩一樣落得要與女孩彼此傷害，
各自長成了男人跟女人。

女孩時代，總會遇上一個男孩（也可能是女孩），可愛柔軟，像剛洗完蓬鬆有陽光氣味的純綿上衣，妳恨不得將它捧在天上穿在心裡，就是不得觸碰身體，因為那時，我們還相信身比心髒。將這男孩放在小說，就成了寶玉的仙女妹妹；電影裡，大約等於咕嚕的絕世魔戒；演唱會上，再怎麼都得是idol的擦汗手巾。若是要我現在舉出一件三十世代後，能與它質量守恆的相近事物，大概只有在腦海混沌、錢包失守的逢魔時刻裡買下的鞋履，可以作擬。

凡女如我，也總有一兩雙荒唐價錢的鞋。鞋不比錶或包、衣與裙，因它總是得踩進汙地行過泥水，不管它是否鑲著多麼薄透的蕾絲緞帶，甚至如羽毛寶石點翠般鮮麗，或再小心翼翼堅定地只穿去婚禮或晚會，也都難逃落地。

在我年幼並隨時都想滾在每一處土地的年紀時，幼稚園老師曾將我溫柔扶起再堅定告誡：「女孩，妳相不相信世界上沒有一塊土地，沒沾過狗屎？」那時的我，還沒學過當雙重否定句出現時表肯定，但這句話卻神通般地被我頓悟，信仰至今，奉為聖典。

因此，那一兩雙鞋大多時間被放在鞋櫃，還得收進盒裡，如果有防塵套也一起套牢再綁緊線頭。就像女孩時代裡遇見的寶藏男孩，只能接引上暗戀王座，遠遠地看，絕不能伸手觸摸。要遠遠地看，才能開啟美顏濾鏡與初戀泡泡。

第一號寶藏男孩，鍾情時刻：七歲，小一開學典禮後的教室。請讓我們稱他為「柏原崇男孩」，因我後來初看電影《情書》時，如遭電殛的發覺他與柏原崇的肖像，雖然第一時間分享給那時最好的朋友後，她露出的眼神荒誕中又如此不忍，我依然一往情深。柏原崇男孩的光芒從七歲延續至十五歲，我們共享同學區與九年一貫國民義務教育，那時大約整個里和全年級的人都知曉我暗戀他。連我媽早上叫醒賴床的我時，只要說上一句：「不上學就看不到XXX了。」我就能鷂子翻起，背上書包。

中學時的我癡迷武俠小說，秉信暗戀要如單刀赴會，我喜歡你與你喜不喜歡我，毫不相干，簡簡單單就這麼一回事，說幹就幹。若是有新來的妹子也對柏原崇男孩有了好感，不知從哪來的風聲總會傳出，要來十一班跟我拜過碼頭（柏原崇男孩早已遠在六班），暗戀才能成立，喜歡才算真心。我也就順手收下了好幾封粉色紙香水筆的武林帖，女孩們早早就那麼好看的字寫著：「我喜歡他絕不輸妳」、「希望妳能明白我不是要來搶走他」這樣的心情。我從不回信，江湖盛名，不需眷戀。

那時的暗戀心情是：他那麼好，就值得所有人喜歡，不喜歡他的那些才是傻蛋。我那最要好的傻蛋朋友，在我們十五歲畢業之際的某個放學麥當勞裡，與我各拿著一支如今只能追憶的蛋捲冰淇淋認真吃著，一邊逼我正視她那時最喜歡的港星陳冠希，再三確認我有看過前幾晚在MTV首播的新歌，Edison在海邊歪嘴一笑傾她城、再笑傾她國。說服不來的時刻，她忘情指著我說：「妳真是個沒有眼光的傻蛋！」（也有可能說的是王八蛋，卻不可考）。

傻蛋的我瞬間懂了，有一種暗戀像追星，我粉的是這個名詞，而不是這個名字。入坑的瞬間，是七歲那年教室裡一個輕爽中分男孩的不油膩笑容，於是任他後來換牙缺牙、任他長得與柏原崇偏差值越來越高，任他喜歡我喜歡誰都沒有妨礙。雖然Edison後來的新聞，確實有防礙到了傻蛋朋友的鍾愛，但或許她不是他的真愛粉，也未可知。

蛋捲冰淇淋吃完後，我轉身考進了另一所學校，遇見第二號寶藏男孩，比起同齡人等不及的戀愛，我一介old school girl，依然偏好捧在天上穿在心裡、碰不得的喜愛。如此才有說不盡的話題、越寫越好的日記。而如此那般怦然心動的巧遇時刻，比起後來的情人大餐，才真正能令我感覺驚喜。

於是當寶藏男孩的呼吸近在耳邊，青春期的汗味從身後圍繞我時，有夢初醒，不是春夢是春雷，我像一腳將新鞋穿進了沼澤。無路可出，是為初戀。從此以後，寶藏男孩只不過偶一閃現，寶藏成為了大祕寶，名詞終於變作誰的名字。就像再好的鞋，刮上第一橫後的第二與第三橫，皮漆零落錦入塵，我也就能大器地穿上它逛上一圈夜市與酒吧，不以物喜再多喝幾杯。

當你選擇穿上，不管是可愛的男孩或是陽光味道的上衣時，最好的時光就結束了。上衣總會因為摩擦起出點點毛球，男孩一樣落得要與女孩彼此傷害，各自長成了男人跟女人。當我早已變身女人胡亂闖蕩世間很久後，也曾在聽到某些據說很動人的歌曲時，倍覺傻蛋。像是另一個傻蛋好友，有很長時間在IG個人頁面上掛著宋冬野的歌詞：「你可知道你的名字，解釋了我的一生。」

我總想跟她說，拜託不要，我們不是說好了都要立志成為不接受解釋、也不要愛上解釋的大人嗎！

雖然有些刻薄到接近涼薄，但稍微用一點幽默包裝，別人可能也不會發覺你已長成多麼自私的傢伙，彼此都知而不宣，在大人之道上交換眼神，也就過了。但某些瞬間，我能感覺到傻蛋的我依然活著，她會偷偷出來看上幾眼，心動一會兒。

比如，當我自認訓練到堅硬如金剛鑽的心，偶然被某個小我一輪以上的可愛男星，完全暴擊命中時，縱然同事說他根本童星，我也為他應援不會停。我是說，大叔當然也很好，大叔之妙妙無窮。但世上只有媽媽好，有一種粉絲就叫「媽媽粉」，媽媽粉看到男星裸身時，不帶激情，只會怕他著涼勸他多添衣；媽媽粉除了擔心明星的代言活動，更在意他的學校功課，他若安好，我隨時都能笑出姨母的慈祥模樣。

各位媽媽粉，請以自己為傲。當我們已經吃不到蛋捲冰淇淋，也快沒有人認識柏原崇，就要分不清新鞋好還是戀愛好時。若你有幸遇到傻蛋自己，請記住，她也曾是某人的寶藏女孩，被捧入天上萬般純潔柔軟。

那就輕輕揮手，跟她說聲：「哈囉，寶藏女／男孩。」

我們曾在。

就算是執迷，也執迷不悔

我們都有自己的路，我忍住了眼淚，
卻還是害怕告別，所以學會先出手傷害，
活成了圓融底下連自己都厭棄的樣子。

我不是王菲迷。至少比起那些任她隨便一首歌前奏響起，便能聽音唱名的千年老粉；或是每一場巡演，不管是北京、南京、東京、西安（就算換成南極、北極）都誓不缺席的萬年金粉，即使四捨五入、滿打滿算上自己，大概只能說一句：「我很喜歡王菲。」

那樣的喜歡，最早最早是有點不合時宜的，所有的喜歡，大約都一樣。上個世紀末的王菲已是天后，但上個世紀末的我，連後天的作業都寫不出。一九九三年前後，她在採訪中被問起人間煩惱，笑著回答：「現在最大的煩惱是，太紅了。」那時的我連小學都沒踏上，甚至不知道這人間，原來有煩惱。一九九九年，一場地震搖醒了我無夢安眠的童年，感覺的開關被強勢啟動，新的一千年裡，新的歌手與情歌都豪奢了起來。

這一年之中，有了周杰倫、孫燕姿、蔡依林、五月天、梁靜茹、蕭亞軒、謝霆鋒，當他們都尚在青澀的和弦裡嘶吼青春癡戀時，王菲早已改變過了唱腔，離開了竇唯，唱出一百年後沒有你也沒有我，勘破了荼蘼。

二〇〇〇年初醒，在夜裡緩慢撥接的網路中讀小說，有許多網路小說與雜文，被我一邊計較著墨水匣的刻度、一邊珍惜地列印下來，而這些比政治語言更早飄洋過海到我心內的文字，許許多多都是簡體。現在早已遺失殆盡的這些A4紙文，我早已不記得是在何處挖到，只記得有篇小說，不斷提及王菲二〇〇〇年專輯《寓言》裡〈彼岸花〉與〈阿修羅〉兩首歌；而有個叫陳佳妮的女孩，狠狠寫好了一整篇的王菲的散文。於是，我才認真一首首下載了她的歌，身體像第一次與外在世界產生諧振，女聲裡有舒曼波，原來二〇〇〇年之前，世界曾經爆炸過了，只是我沒有趕上。

我與王菲存有的時差，那一年裡，我努力補上。

當同學們在猶疑著要買蔡依林、S.H.E還是周杰倫的海報時，我卻在台中一中旁一家二手唱片行裡，硬逼著老闆把牆上《唱遊》專輯的另一款曬傷妝海報拿下來賣我，不知是我的誠意還是我的殺意起了作用，那張海報平整的被我貼在舊家床頭，睜眼可見地一起生活了好幾個年頭。那一年裡，每當我騎著單車下課回家，會在好心情的日子裡哼唱著：「有時候，有時候，我會相信一切有盡頭。」尾音上揚雀悅，沒心沒肺沒傷悲，我與她的時差、與歌的時差，依然存在。

我一邊以有限的零用收齊著缺失的聲音，一邊慶幸，她還在唱著。二〇〇一年她出了同名新專輯，我剛上高中，從單車變作校車的放學音樂，出場率最高的曲目變成了林夕為她寫的〈流年〉。雖然啊雖然，十六歲的我那時依然參不透：「有生之年，狹路相逢，終不能倖免。」為什麼得用上「狹路相逢」，後來，比劉若英唱得更後來，我才明白，有些相遇必須是狹路相逢。

二〇〇二年，王菲出演了劉鎮偉導演的港片《天下無雙》，這部片至今仍在我的最愛電影榜單前十名，雷打不動。她與梁朝偉瘋癲癡愛地唱著黃梅調，一本正經地嚴肅搞笑，電影裡當她與梁朝偉戴不上那對證明相愛的「緣定今生龍鳳配指環」時，我也跟著又哭又笑。兩年後的《2046》、甚至十年後的《一代宗師》，攢來的淚，可能都沒有我一次又一次重看《天下無雙》流過的多。等到我終於明白，若王家衛的愛是收斂到極致的漫長告別，那劉鎮偉的《東成西就》、《大話西遊》到《天下無雙》，就是笑著、哭著地錯過……已是很久之後的事了。

王菲當然也懂，二〇〇〇年後的她，就算唱著悲傷的歌，都能淡然靜好。反正一生錯過，也不過就像「本來相約他在海邊山盟海誓，卻找錯地方來到一個游泳池」，唱得一般無二。

二〇〇三年，我握過王菲的手，那年我依然未滿十八，當同學們討論著晚上要去聽五月天「恆星的恆心」演唱會時，我只起了大早，在新光三越的廣場熬過了內衣走秀與中台灣的過量紫外線，等到了王菲。她修長微涼的指尖輕握，那時與現在的我都無法想像悠然唱著「我把心給了你、身體給了他，情願甚麼也不留下」的她，是否也得困於人世愛欲。

二〇〇三年《將愛》專輯封面，她為我留下簽名後，十六、七年過去了，竇靖童都已站上了金馬舞台，千禧歌手們早成王封后，一年接著一年開起世界巡演，唱遍北上廣到墨爾本、東倫敦的巨蛋。專輯比不上單曲、頒獎典禮抵不過演唱會，而簽唱會更不如開場線上直播，這是新的時代。終於，我靠自己體會了「不是所有感情都會有始有終，孤獨盡頭不一定惶恐」，卻依然沒等來她下一張專輯。

每當新的演唱會秒殺再秒殺的新聞傳來時，我總會偷空想想王菲。除了二〇一六年那場VR才是主角，票價不是驚人是殺人的「幻樂一場」（真的就一場），她上一次真正的世界巡迴演唱會，是二〇一〇年尾開啟的「巡唱」。我在隔年一月的台北小巨蛋裡無聲爆哭，是第一次可能也是最後一次，當最後的歌詞走到了彼岸，我終於明白有些聲音跟一些人一樣，你等待著就像等待曇花再開。那一年，也終於看懂了《天下無雙》與唱出了〈矜持〉該有的氣味。

雖然她不是不再唱了，那些破億人民幣的電影主題曲，也不是不好聽，但那樣的王菲既不是與竇唯一起時，那個連聲線都願意衝撞著前路的女孩，能高昂地唱著：「前面的路，也許真的並不太清楚，放心地走了以後，也許會覺得辛苦，也許會想停也停不住」。卻也不是陪我在異國霜冷長街，與愛人訣別後，狠狠體會了一把的「零下十度寒冷的街，害怕告別吻出眼眶的淚」那樣世故洞察的女子了。

然而，我們都有自己的路，我忍住了眼淚，卻還是害怕告別，所以學會先出手傷害，活成了圓融底下連自己都厭棄的樣子。而她的另一個前夫曾在離婚時宣告世界：「我要的是一個家庭，妳卻注定是一個傳奇。」

這一年裡，我進出KTV時，每次總有不同的人拿起麥克風唱起：「你說藍色是你最喜歡的顏色」，年輕男歌手悲傷的分手之歌，癡心追問「怎麼了？我們怎麼了。」我夾起水餃，仍是不痛不癢，畢竟傷心了就哭泣，餓了就要吃。王菲早早就唱盡靡靡之音，混元二氣渾融一體地告訴了我，要記得「你喜歡不如我喜歡」。我都記得，更何況，「我也許喜歡懷念你，多於看見你。」

其實，我想說的不過是，只要妳喜歡，大可以不當傳奇、不演戲、不唱歌、亂唱歌。當全世界的狗仔都守在她與謝霆鋒的家前，所有人都在猜想天后與搖滾男神還會不會再分開時，天后早已變成凡人，四處旅行；男神變作廚子，拿起菜刀。許多年前，尼可拉斯謝為她寫的那首〈迷魂記〉，王菲聲魂拉得迷離唱到流淚：「怕甚麼，怕習慣豁出去愛上他人。」如今，都無所懼怕了。

她曾說得灑脫，「如果有一天我不唱歌了，請忘了我。」現在看來，不只是說說。你問我，為什麼喜歡王菲，大概是因為知道，有個人能活成這樣，多好。不對不對，句式重整，應該是：因為我喜歡王菲，知道她能活成這樣，多好。

我不是王菲迷，硬要說來是執迷，但就算是執迷，我也執迷不悔。

下飯片

你得保有餘地，在餘地裡才能從容面對。
因為後來的人事，不論與從前多麼相像，
終究都是一種復刻。

有這麼一類影片，我稱之為「下飯片」，與尋常追劇不相同。下飯片與下酒菜，互為人生至樂的表裡，無法抉擇誰比誰優秀。當你自己在家，拿出筆電平板，手裡是熱飯、熱菜，在素顏或不刮鬍的日子裡，人生再也沒有什麼可皺眉的事，如果有，也是之後的事。

我的下飯片三大法則，是絕對食慾、黑色幽默以及不耗費腦力，任何影片必得符合其一。以此構成的播放清單，相信任再精細的演算法與大數據，都無法成功計算出下一部推薦影片，引我點進。

二〇〇〇年世代初始十年的下飯片榜單，前幾名絕對有日本綜藝《男女糾察隊》（*London Hearts*）與美劇《花漾教主》（*Gossip Girl*），雖然男女糾察隊初代成員裡的資深模特梨花已淡出綜藝，飯島愛也一反自己在節目中的狠厲張揚，消殞人間時近乎無聲。

可那些年日本女諧星在「格付」（評級排行）裡，不管是十八歲女星評論四十歲女藝人不過是枯萎的花、而官能系熟女自曝自己總是愛上人渣，種種假作真時真亦假的互撕人設、擺譜翻臉，集涼薄厭世到極點的日式幽默，全是我無論怎麼長大、怎麼離開，也依然只是從深夜家中的緯來日本台轉戰到宿舍薄木板書桌上的BenQ筆電，任那幾十分鐘的節目，將我的加熱剩菜、外帶餐點拉長成一頓法餐的時間，卻比日後真正的米其林餐廳都來得陶醉，烤春雞比不上鹽酥雞，羊肉羹也能吃成小羔羊排。

然而，一如所有美劇公式，必備爛尾與荒唐胡亂配對劇中人物的《花邊教主》，儘管女主角從男一號到男三、男四及路人甲都交往過一輪後，再回過頭來悍衛初戀，它依然在我在片荒無助時的首選清單中。畢竟，其他美劇裡可是連吸血鬼都能苦戀啦啦隊員，活屍也不再甘於走路進化出翅膀飛上天，小情小愛，剛好配飯。

二〇一〇年後，我開始在世間勞動，可能工作、可能寫作。如果說青春是歷史的春秋，那麼，長大根本是跨越了戰國元明清，直接匯入《天演論》與《資本論》的副本，萬惡社會裡你得削尖了人形去競爭。

說是「競爭」，但大多時候只不過是學著接受，接受自己又搞得滿身傷痕灰頭土臉，比如說也曾經在被退稿要求修改到第一百次後，放下自己的美感，接受主管的美感。「您說的是，我哪有什麼美感？都給你美，都給你感。」或者，開始接受以「東西」稱呼作品、稱呼工作，當它成為了東西後，世界變得澄淨簡單，你要一百個、一千個東西，我都給得出來。

下飯片的存在，於是變得前所未有重要，連下飯片的選項也進入戰國時代，韓劇、陸綜、YouTuber瓜分了餐期。這一個即將滿上的十年，片單從真的可以下飯的《孤獨的美食家》開始跳躍，《甄嬛傳》、《微微一笑很傾城》、《鬼怪》到《中國有嘻哈》，甚至《偶像練習生》，原則是工作有多燒腦，影片就得有多無腦（此處為褒義詞）。

比如說，《男女糾察隊》不知第幾百集裡，邀來一群素人聯誼，所有人早已串通好設計其中一個男孩，當其他人都把混入的歐巴桑視為女神時，那個男孩會有什麼反應？於是我便配著排骨飯看了整集歐巴桑露出恍若帶香的迷人微笑，而男孩最終說服了自己，與歐巴桑交杯同飲。過程中，還可能因為顧著發笑，而讓其中一塊排骨涼掉。事後也難免會有種「我到底看了什麼」的惆悵，但它卻奇蹟似的填補了時間。就像總能在滿出來的石縫間，再注入細砂，時間被賦予了另一種質地。

生活必然需要其他質地，這在很久很久以前，在我剛剛開始能選擇讀進什麼、吃進什麼時，便已知曉。即使是在生活最滿載與超載的時間裡，仍是這樣。我曾試過，在失戀痛哭、徹夜失眠的深夜裡，因為整天沒吃東西，忍不住餓而煮了一包泡麵，當你以為這時泡麵都沒有香氣時，吃了一口，竟發覺其實還是不錯。當你打開了往常看的下飯片，比如某個深夜脫口秀，以為它無法分去讓你反胃痛哭的傷心時，卻還是可以沒心沒肺地笑出聲來。

就像那部老電影《天龍八部》，林青霞分飾兩角，竟愛上一人，其中一個林青霞因愛而不得，愛極生恨，對方卻只清淡地告訴她：「曾經滄海難為水，除卻巫山不是雲」，當時的我無力理解。多年後，我除了學到這詩句出自元稹而非金庸，原著小說裡的主角也根本不是他們外，卻依然不明白林青霞美絕人寰，況且就物理現象來看，滄海的本體還是水，巫山的真義也是雲，沒有誰非誰不可。

所以我吃進的文字畫面，不論是下飯片或影展片，不管能感動我萬千或是十分，都是美味。遇見的人，也是這個道理。如此多年，在我吃了不知多少麵條炸雞米飯、耗了不知多少電腦螢幕電力後，才明白下飯片是人生的餘地。

你得保有餘地，在餘地裡才能從容面對。因為後來的人事，不論與從前多麼相像，終究都是一種復刻。在餘地裡，才有勇氣在這些影片的幻夢嬉笑間，忽然懂得，人生的缺口不是滄海與水、巫山或雲，而是「曾經」與「現在」，它們是固體、液體、氣體，三態之外，天劫一樣的坎。

但只要還能吃還能笑，再多不堪，都是之後的事。

言情小說生死鬥

在我用來交換故事的成千上萬小時裡，
大多都沒有留下什麼，
但至少我從那時就開始相信，時光永遠不會錯付。

有一種文字它輕軟到易顯混雜、既不史詩也不嚴肅，還可能一點也不含蓄溫柔，情字在裡面不是一滴滴流泄的，而是一種動態，必須滂沱。比如從前從前，總得藏在桌下偷偷翻讀的言情小說。

大人們總怕小人們言情太早，像是那樣的文字裡滿是無用病毒，會在女生間擴散開來，教人不讀書、引人偷偷早戀或是熬著不該熬的夜晚通宵讀它。或許可能應該沒錯。但在沒有電子書和txt檔的年代，背著這些書回家，便成了一場女孩子間最早的承諾與為情冒險。

我們得先精密計算好留下哪些課本與作業（結果通常是全部留下），再於下課的空檔與人細膩而不經意地交換小說們，並確保沒有老師或太多同學看到（畢竟有時候封面的男女主角畫像會呈現一種難以名狀的交纏曖昧），而每一本跟著我走過長長斜坡、懶懶夕陽的小說，還不一定值得這些對待。誠實地說，在我用來交換故事的成千上萬小時裡，大多都沒有留下什麼，但至少我從那時就開始相信，時光永遠不會錯付。偶然留下的名字、一句對白或一個畫面，因為是在那麼早的時間裡，於是比起現在的4D電影和大河史詩諾貝爾文學獎更來得震動。

若闖過許多道記憶的圍牆，走到那時穿著嫩青與慘綠配色制服的自己身旁，陪她一起低頭看看那第一本讀到的言情小說，雖然無法確定書上寫的《挑弄銀鐲情》還是《谷莊佳人》，但這兩本光書名就令人難坦蕩說出的程度是相當的，而作者都是黃苓。從這個名字出發，我也走進了當年萬盛出版的天后宮，她們是席絹、于晴、林如是、陳美琳、沈亞，再從萬盛走到禾馬、飛田與狗屋不同的出版社，遇見了綠痕、典心、決明、黑潔明、樓雨晴、左晴雯與檀月。即使現在，一口氣打完這些名字，都殘留著當時在夜讀與偷讀中，眼淚滑過人中嘴角的流速，苦鹹溫熱，有一些愛或是痛的感受，像毛細作用般被初次觸發，心裡發緊、人中發癢。

對於名字，我雖珍重，卻很難記憶。所以每一個被我記住，而又無法得知面孔的名字，都似《神隱少女》裡神祇的名姓，不管是筆名或虛姓，那些林姓、王姓、陳姓，甚至還有像是日本姓氏的名字，都成了我私人生命與神同行的絕對領域。像是恐怖驅魔電影裡，再強大的惡魔，都懼怕被知道真實的名字，如此便能被人以名封印與鎮壓。這些名字，可通天地。

即使是成年後，許多作品都已能在網路上找到，但揣著某種老派情懷，我經常在課後的下午或傍晚，用十八、九歲青少女的狂妄心態買好一杯全糖紅茶，帶去白鹿洞、十大、錦城這些租書店裡，在內閱的優惠價裡坐上半日。習慣如下：得先在新書區搜索有沒有今日到店的大神作家、再到櫃檯拿終於輪到我的預約書，最後必得踩出某種不能太顯露雀悅的步法，一路抄起一疊書，找個角落沙發，試圖假裝我的香水與洋裝跟整區捧著港漫與少男漫畫的眼鏡少年們，沒有不搭。那時還在一座多霧山頂讀書的我，曾在某些穿行在蟑螂食肆巷弄的片刻，為著每一間書店我都是真金白銀換來的ＶＶＩＰ而感到無比驕傲。但這般自由不再需要躲掩喜好的好時光裡，我所記憶的某些大神之名，以一種聲音穿越大氣卻被無形雨霧橫亙的樣貌，慢了下來、靜了下來。

我總會逼自己抓緊承諾，銘記初心，但即使是這樣政治正確的我，都擋不住有些名字，終究要被人遺忘。就像迪士尼二〇一七年的動畫電影《可可夜總會》（*Coco*）中，亡靈若是失去所有在人世間記得他們容貌與名字的人們時，一樣會消亡。鬼都會死的年代，台灣言情小說盛世自然也會，消亡至今早已過了不只十年，我和許多人一起被浪潮拍往西邊，從起點到晉江網站，從一晚三本書，變成三晚都看不完一部，從八、九萬字的精品言小到百萬字穿越、種田、宅鬥、修仙文中，再遇見了一些新的名字，書海滄生、星零、丁墨、十四郎、吱吱、匪我思存、Priest 和 Twentine，不知這一片書海的盡頭將停在哪？

寫到這裡，終於想起某間錦城裡，可能還留有我五百八十塊的儲值。不知書店是否還開在原地。

但我已不在原地了，原地，說穿了只是青春舊時的房間，而且早已不知換了一次又一次的新房間。最早的房間裡，有床上散布的言情小說，得在一晚內看完輪到下個女孩；租了卻越來越沒勁讀的小說漫畫，被放在同一個塑袋裡預備還回去；電腦裡還存著待續像永不完結卻已無法出坑的連載小說網頁……然後離家，搬進一個新的房間，裡面裝滿了可能搞砸過的一些考試（或考不上的好學校）、總是讀不完的理論書（和跟不上的同儕）、移動中被記憶下的一座橋（與一座城市的轉運站），有無數的傷害與寂寞可以灑落，必須不斷走出、走進自己那一間寫不盡的房間。

如果可以，現在的我會破門而入。

可能無法破入別人的房間（那太失禮了），但必得破一破自己的舊時房間，那疊在腳邊的感傷、積聚成灰的難，或是無以名之只能伸手去指的霧濕，一把推翻，再順便推推那時的自己，告訴她一句：「差不多就好囉。」未來的世界裡，確實將不再那麼難，因為未來可能更忙、更爛，就像總有暴徒負槍在前方等你，你卻是單行路上被鎖緊的發條，只能迎頭撞去。但我不會說，這些都沒有意義，這些都是意義。就像第一份工作總會忍不住很奴，第一本書九成是文學獎作品輯，哪段青春不去縱情與高歌，反而才是做作。

後來的我，把言小當成了黃泉路上的回魂線，拉著走向另一種小說與寫作。也曾在一個號稱以「純」文學小說為主的文學現場裡，被學院派的學者激得汗毛豎起。他信手一指把諸多篇類型小說與散文作品齊齊打包，一次一語帶過：「這幾篇全都太自我、太不文學了。」我更想某一指向他。因為，十八歲過後，當我自己開始寫作、讀起了又另一種質地的文學後，仍然不想貴誰、賤誰，這是我舊時許下的承諾。就像三十歲後的我，給自己立下的新承諾，永遠不要因為一件Max Mara的羊絨大衣，而忘記Uniqlo羽絨給過我的溫暖。所以即使讀到成英姝《男姐》，而引心內振動不已時，我也沒有放下跟隨多年的ＢＬ（Boy's Love）小說家。

我曾有個閨密，後來成了侍酒師，在國外的星級餐廳工作。工作時的她帥氣噴發，能左手端出一瓶年度評分最高的自然紅酒、右手拿著一杯年分與產地都正好的貴腐酒，在保養有道的四十多歲（但看起來比二十多歲的熬夜上班族還年輕）貴婦間，完美推薦。而脫下襯衫，卻每晚在家裡維持我們十多歲時的喜好，買最便宜的伏特加，加過量的檸檬、雪碧與粗鹽，年輕時的我們可以牛飲整瓶又整瓶，不需音樂與異性，在四坪大小的房間裡一起打著地鋪、醉了便睡，那時的夜晚大概才能被稱為經典。是後來多少繁花盛宴、蛇頭與豹形的珠寶，甚至星辰長裙都掩蓋不了的光。

該怎麼說呢？那些房間裡藏著的言情小說或是粗酒莽食，在不務正業與沒有意義的底下（很底下），還是有些別的東西。周星馳的電影《大話西遊》裡，至尊寶為愛人穿越時空五百年，卻在掏心自證時發現，早已愛上紫霞仙子，因她在他心底留下了一樣東西，取不走也放不下。那樣東西，不過一滴眼淚。我說的，就是那樣的東西。

從此江湖再無嘻哈

世界總在逼人彎腰，
但若是為了所愛，值不值得？
比如能活得漂亮、比如保愛人平安。

我想對你說一段故事，或許可能再聽幾首歌，因它們讓我二〇一七年的盛夏，變得有點不太一樣，有舊漆剝落，露出底下世界的真正形貌。夏天本來就是一段魔幻高光，不管是二〇一七的之前或之後，每一年的夏天，必藏著某個人跨越十八歲的漫長暑休、第一次打工，或在誰的摩托車後座輕輕摟住某個汗濕上衣、幾無贅肉的少年腰腹（要知道，這在二十八歲後的男性身上近乎一種祝福）。

不知何時開始，夏天成了一連串的人肉選秀，有賁起的少女酥胸與酥聲、也有那些男孩們顏如玉世無雙，或是誰唱出了恨不得用記憶下載、文字封存的那些嗓音，全都紛湧上台，向世界獻上他們那般珍貴的身與聲。世界欣然收下，開始耐心等待，等待著有一天將他們吞吃入腹，但那都是後來的事了。夏天裡一切靜好，你只需要關心這一季夏天的總冠軍姓名，雖然它也像是夏季的煙花慶典，爆開無光後的粉塵會被黑暗捲去，但那時也早已無人知曉。

和許多同齡人一樣，「嘻哈」與「搖滾」以一種新的抒情模樣，定義了我急需被解釋的歲月。青春是場填空測驗，我們不停地參加音樂祭、從這個電台聽到那個平台，急著以某首歌、某個歌手的神態為自己冠名，若你問我，那些真正的抒情歌哪裡去了？或許在周杰倫、孫燕姿、梁靜茹生娃帶崽後，它們還沒空翻到下一個章節，就不用說忙著開演唱會的五月天林俊傑與整個二十一世紀了。我的填空題，第一個被歪斜寫下的嘻哈歌手絕對是蛋堡，與那首每次去ＫＴＶ點唱總會落下半拍，卻不能缺席與切歌的〈關於小熊〉。

關於小熊，關於你也關於我，關於他唱唸著的某場錯戀、陳舊紀念。

雖然有些留有些走，但確實都是那時還沒有ibon的7-11與曾經的壄丁街頭、曾經的我。感謝在那張還不知如何命名事物，只得霧裡填空的試卷紙上，他以嘻哈界詞神黃偉文加上林夕般的靈性，填滿並覆蓋封印了不安，一切暫時有了出口，得以記念。

就這麼邊聽邊走，走過越來越記不住新歌詞的後來，走到了二〇一七年夏天。華人第一個嘻哈選秀節目《中國有嘻哈》開播，預告片裡那如同牙買加配色服裝秀和學生髮型成果展的男女引我點進，深夜點開第一集，劉姥姥不只是進了大觀園，劉姥姥根本去看了非洲動物大遷徙。西安有紅花會、北京龍膽紫、南京的shooc、新疆的沙漠兄弟，嘻哈生出地區廠牌，嘻哈匯成江湖。

依照某種玄乎的世間慣例，音樂圈稱為樂壇、文學圈稱為文壇、教育界是杏壇、戲劇界從前也叫菊壇，甚至眾神明齊聚在一起的地方都可以喊它神壇。可嘻哈卻只能是江湖，江湖裡還藏有暗碼，rappers會在歌裡、詞裡夾帶上自己的家鄉、交待自己的出身。

有來自潮州的年輕rapper到了廣州闖，紅了以後每次上台都得先亮出一段話：「從768到020，從貨運站到碼頭。」把兩地的區碼報上，成為舞台的開場白順帶為前半生總結。台灣的嘻哈樂團也難逃此道，在一片代碼區號的江湖裡，L.A. Boyz在九〇年代早早聲明了立場，而MJ116說唱的初衷或許不過一句「木柵116」。

如此江湖，我獨衷從重慶出來的說唱廠牌Gosh，原因粗暴，不過是在某一個瞬間，被那幾乎比所有對手、線上rapper都大上一截歲數的選手GAI，引起的震顫感動。我得坦承，點開海選那夜那集，他頂著寸頭披汗巾、滿手刺青鍍金鍊，甚至歪嘴斜眼以濃濃川味方言無伴奏的一小段表演，幾乎讓我又笑又怒到起了意識流上的殺意。那原以為要持續一整個夏日的群魔亂舞，最後竟看出了眼淚、聽出了韻味。當他唱著「整個江湖都任我闖，我的生命像一首歌」，或是與生命較真到寫下「一往無前虎山行，撥開雲霧見光明」時，這些都已不只是嘻嘻哈哈。

先不管GAI總喜歡自己吃火鍋，但只讓別人吃火鍋底料的說唱宣言。瀟不瀟灑不好說，但可以肯定，他整個人是大寫一般的不合於世。在一堆激情喊著「勒是霧都」（「這是霧都」，霧都為重慶別名），甚至以「重特蘭大」比擬美國嘻哈勝地亞特蘭大的人堆裡，他終究半個局外人，故鄉其實是四川一個四線小城宜賓。比起那些早早就聽英文嘻哈的O.G.（original gangster，先驅大佬）、或是留美的富二代們，他連英文發音都是硬嗑來的。

選秀走紅前，最好的工作是在夜店炒熱氣氛暖場表演，從入夜喊到凌晨，還得又說又唱又說唱，只為換取一天五百人民幣。他更是第一個從嘻哈江湖裡跑去《中國好聲音》等待導師轉身的人，但他除了沒有贏得任何一次轉身、甚至輸了江湖上的名聲，正片播出時剪得連個影都沒有。

當你覺得一個人好像有點慘時，請放心，真實世界從不讓人失望，他通常會是非常慘。曾經一次他跑去和一些有錢、有妹又有名，但歌詞多半是性與手槍或錢與毒品的rappers玩，那時的他雖無錢但有膽，酒局上他乾完一杯高濃度的蒸餾酒後，拿起旁邊的汽水就往自己頭上澆去，甜中藏有鹹淚對人表白：「我就是這麼真。」雖然很真，最後人家還是不帶他一起玩，反而在直播裡以他取樂，這就是GAI。

我不想這麼真，大概也不曾那麼慘，可生活不過是換個方式、等級的輪流慘淡，總會有人不跟你玩、總是有人任你哭到失聲也不為你轉身、也總只有你和世界拼搏卻半次都沒贏過，然後在稍微好些時，侵門踏戶成為你的黑歷史。後來，他拿下了那一年的總冠軍，簽進了主流公司，社群網路的暱稱從「GAI爺只認錢」，變成了本名「周延」。虎山終究成了他的寶山，應驗他接著唱的那一句：

「夢裡花開牡丹亭，幻相成真歌舞升平。」

刺青藏進了西裝，匪氣被招安成了和氣，再也沒有人敢逼他乾杯，曾群起嘲笑過他的那個團體竟也在後來因惹事太多解散了，夏天與選秀果然都是新的中國夢。但這回，世界真的願意溫柔以對了嗎？不，所有的溫柔都是等價交換。嘻哈只能花開一季，便要謝，後來節目只好改叫「新說唱」，一不小心會以為是某種東北二人轉或相聲團體的實境秀。梁山泊混不了新中國，闖得過的是僥倖，闖不過才是尋常。

我所欣賞與世界蠻幹的那個GAI，半點不帥性格大概也不怎麼可愛，總想加入某個團體，卻又自傲得邊走邊回頭，最後只剩下一個孤膽。這也是我，是我們，所以當他從學不來彎腰的GAI，成了活得世故周延的周延，我卻半點也不感到好笑與淒涼。真實世界充滿矛盾，人設不能當飯吃，他在奪冠不久後娶了多年女友，成了頭 個比新娘哭得還慘的新郎，他孩子氣的招牌歪嘴，純白婚禮上承諾他的新娘，「別人有的你都有，別人沒有的我還要你有！」

世界總在逼人彎腰，但若是為了所愛，值不值得？比如能活得漂亮、比如保愛人平安、比如GAI這樣。我不會告訴你，看到他從火車硬座一路坐到了飛機頭等艙，我也偷哭得像個孩子。其實不是江湖再沒有嘻哈，而是有一天世界會沒有江湖，一切都被它吞吃入海。

我們所能做的不多，卻很重要，請找到一首歌、找到一季夏天、找到一個人，用盡洪荒之力和他一起活得漂漂亮亮。

人生無悔音樂祭

有些事情你明明知道吃不好、穿不美，
生存線以上，審美線以下，
走上了以愛為名的道路，這就叫作傻。

如果要我說有什麼事情，比寫作還傻哩吧嘰，除了專職寫作，大概只有玩樂團跟做音樂了。但偏偏，每個人的心中都有一個搖滾樂團（即使是別人不同意的那種也算）。因為我們都傻，傻在愛它，讓我為你畫出重點線，傻的是你，不是它。

有些事情，你明明知道吃不好、穿不美，生存線以上、審美線以下，但總是割捨不掉，放著高學歷或好皮囊，走上了以愛為名的道路，這就叫作傻。傻是溫柔的責備，如果今天你所愛上的事物，低於生存線以下，比如一個音樂人（但作品最高點擊率是三百八十三次），彈吉他時甚至還會不小心唱出「有的人說不清哪裡好，但就是誰都替代不了」，一邊因為買了菸所以買不了御飯糰的饑餓，流下淚來時。沒人會說你傻，因為也沒人會責備、沒人會溫柔了。

可是，就要那麼傻過，才能說出人生無悔，若是人人都聰明，又怎麼顯得出真正聰明的人來？這一直是我在選擇人生道路或執筆寫作的岔路上，遇到長輩好友對我發出「你好傻」警報時，如此寬慰自己以及對方的話語。

所有的獨自上路，傻氣前行，因此都值得擁抱、歡慶，好比說，一場華麗的音樂祭。

但你知道嗎？音樂祭或獨立影展跟夢想，都是同一種質地，在某一些特定的日子閃閃發亮，被延展得很長，直向遠方。可那些打磨與拋光，並沒有讓它變得堅硬，它始終是錦線與細絲，而不是經得起名錶般LIGA（微影、電鍍及模製）技術的強大存在。它們怕現實之火、人情冷水，因為脆弱微小，所以才有一期一會的瘋狂、期間限定的縱情。

所以，我曾經癡迷過音樂祭許多年，現在回想，癡迷過的或許只是那一瞬之光，但那確是最好的時光。那些年裡，一年可以跑至少三、四場的大型音樂祭，小型的地下演出、限定的惡俗團演、喝酒比喝水還多的週末現場，每個人都有自導自演幾段最好時光的權力。也是那時偶爾會在不知怎麼有座椅混入的樂團現場裡，不只一次地被友人、路人、陌生人提醒莫要坐下，因為江湖規矩第一條：「坐著看團會軟屌」。也曾經誤入搖滾第一排，在人群的衝撞（mosh pit）波中，想起童年玩躲避球時，求著班上男同學輕砸我一下，讓我趕快去外圈玩指甲（但被拒絕）的不堪過往。

在所有以「年少」發展出的詞彙裡，我最喜歡「年少輕狂」，畢竟「年少無知」有點無聊且單薄，而「年少有為」又實在太累。千年前我的idol李商隱，很早就把世情看個透徹，濃縮成一句話，「未妨惆悵是清狂。」於是，我的年少濾鏡，總想跟隨著他chill，像瞇著眼隔著紗看太陽。夏天海邊的音樂祭上，那時的春吶還不叫春浪，比基尼妹是有一些，但吃藥的人都還沒來。藏在我心裡的小小抱歉，是在夜裡沙灘酒後止不住的無聲嘔吐，然後清醒地、輕巧地用沙把滿懷歉意的失誤埋起。

埋下的還有許多，像是從需要門票到不用門票的簡單生活音樂節，曾經你可以輕鬆找到能隨地坐下的草地，除了舞台，那些室內展廳空間裡還藏有巨星級的瑰麗對談。文青世代還沒有被超譯墜毀前，華山確實有人論劍。從1976、回聲、Tizzy Bac、旺福、皇后皮箱、蘇打綠、陳綺貞、張懸、蔡健雅、黃玠、楊乃文到晚一些才加入的滅火器、法蘭黛、輕晨電。你能想像，下午剛聽完回聲唱出《被溺愛的渴望》，而晚上丹尼爾·帕德（Daniel Powter）卻在台上悠然唱唸「And so it is just like you said it would be」，像在耳邊。或者，當你看見「麂皮」（Suede）主唱布雷特·安德森，真人就在台北週末夜為你自彈自唱《Saturday night》時，你一定會知道，那是以有限衡量無限，那不只是表演，更是時光。

後來，一些音樂祭到了西邊，賺進大把鈔票，你也到了明白生活其實真不簡單的年紀。但曾經，女巫店裡還有女巫們在台上、樂團還在相聚、主唱都沒跑去開飛機或寫程式……在冬天來臨之前，你趕著一場場的校園演唱會，抬頭就能聽見別人的夢想，那時的你幾乎相信所有的夢想，甚至自己的，都那麼那麼地近。

但別擔心，夢想不是忽然破滅的，它是漸次暗下熄滅，音樂祭的消沉，也是差不多的方式。二〇一三年，可能有一些人跟我相同，為著「野台開唱」的回歸，很久沒那麼期待到兒童樂園過了。但夢想養不起一個巨型盛宴，啤酒喝著喝著也會挑品牌挑胃，那一晚英國樂團The xx在星空下表演，月夜無光，我和那時的情人沒有對話，但忽然我再喝不下一口啤酒，我想回家敷臉、抬腿，聽線上串流音樂。

我的夢想留在了兒童樂園，我的身體四處流浪，到了北方胡同裡的Mao Livehouse、上海草莓音樂節，歌單雖然一直更新，可是能從心裡身底生出衝動想再去現場的樂團，卻停擺無前。買不到票的草東，那就算了；懶得準備月亮椅和雨鞋，傳說中苗場的Fuji Rock，錯過也就過了。Ounce Taipei的一杯薑汁小黃瓜調酒，外送軟體的宵夜滷味，或只是一顆熟度剛好的酪梨，才能讓平日的我穿過槍林砲雨，守住人樣。

直到我繼續移動，英國的夏末，我與多年前巧遇的日本友人Yoshi相約到他讀書城市的迷你音樂節。我們離彼此當年用憋腳英語，交流音樂悸動的時間點，已躍開十年。咖啡館裡能流暢溝通的現在，他口音變得極淡，我問他還依然推薦北海道的RISING SUN音樂節嗎？林檎是否還會參加？他卻羞紅了臉，因連自己都快忘了這個名詞，那麼多年的會社員生活，讓他的笑容少了一半、說話的手勢也少了一半。

我們走去小鎮音樂節主會場的路上，隨便轉進了另一個叫「Silent Disco」的演出點，帳篷內一人發一副耳機，人群中沒半點樂聲與笑。直到耳機戴上，兩個DJ上台，音樂在耳裡爆開，我們已在尖叫狂歡的中間。那一瞬間我與他對視，他忽然笑出了從前Yoshi的酒窩，開始舞動擺頭。我跟著笑了，笑得像是我也有對酒窩，兒童樂園裡我遺失的夏天終於被銜接上。

記憶中，掉出不久前另一場海邊音樂節前的旅行。我與女孩時便相識的女人們，趕在春浪人潮來前去南方的海。租來的轎車，穿行春寒墾丁，因為害怕最聰明的Y發現我們計畫在一片黑暗的龍磐草原裡為她慶生，O預訂的手工草莓法式千層只能藏在後座椅底下。夜裡的草原風狂無光，Y怎麼都不肯下車走走，給人機會點起生日燭火。

那時的我腦一抽、心一橫，硬是僵聲說出：「我想尿尿，怎麼辦！」，Y的義氣值一向爆表，她果然在方圓三公里都沒有廁所的當下，說出了：「我陪妳尿！」我與Y，就在狂風黑草、無人但可能有蛇的路邊尿起了尿。拉上褲子時，我想起多年前我偷偷埋下的酒醉，跟土地與海洋道歉。

女人們的願望與笑聲，是那一年真正春天來臨的前兆，即使我們避開了音樂祭、十二點不到就集體在床上大聊醫美。這一天開始，我終於能夠清晰分辨年少「輕狂」與「清狂」的不同。「輕狂」是輕忽與輕慢，輕浮又輕薄；但「清狂」卻是有重量的、被勇敢滌瀝過雜質的，就像爛醉與微醺（或失控的嘔吐與設計的尿尿）。輕狂的音樂祭，我可能再也提不起勁了，但如果回到當年的搖滾樂現場，不合宜的椅子，我會安然坐下。

雖然坐著看團會軟屌，但未妨惆悵是清狂。

（再說我本來也就沒有……）

微微一笑很傾城

為了不被海嘯吞沒，我早早就學會噤聲。
在社群媒體噤聲、在網路隱身，
把滿腔的熱血也好、黑血也行，全都逼回身體裡，不肆意流形。

我一直不太能說清，與微微是什麼時候認識的。有些人你很早就知曉，你們可能是鄰居、是同學，總是搭到同一台公車或是清晨出現在同一間早餐店裡，但你是永恆的蛋餅飯糰鹹食派，而對方卻能在清晨吃下巧克力奶酥厚片，於是你便明白，與這樣的人中間想必隔著一層薄薄的次元壁，再近也是不同時空，微微與我便是如此。我們在很小很小時就已知曉彼此名姓、八卦與消息，但她有她的巧克力童年，我在我的鹹豆漿青春，遲遲未識。

十八歲之前，我們同校與同班的時間占去其中十二，十二雖長，卻多半還在某一種渾噩無知的狀態。就像武俠小說裡，總有頑劣少年被高人打通仁督二脈，平凡如你我，也會有這麼一瞬間。瞬間之後，你會忽然為自己過往的打鬧告白，終於臉紅，也終於縷清了時間行進的方向，記憶不再錯位，不再只憑著某些時候的畫面拼湊回憶，一天被填進二十四小時。

雲霧散後，雙腳著地，你終於明白一天、一年、一句話，以及他們各自的重量。

當然，你也可以偷懶一點地說，這叫「長大」。

有些人，很小就開始長大，當然有些人老了也未必多大。很久很久以前，大概是我還戴著鴨蛋黃橘色的小學生帽，每天晨昏被帽沿白色鬆緊帶緊壓著腮幫子，高聲唱著國歌與國旗歌，並且竟然覺得後者朗朗上口、雄偉好聽的年代。在一個這樣魔幻到不可理喻的時空之中，我開始閱讀，不只是閱讀《中國民間故事全集》、《全唐詩》、兒童故事或《咆嘯山莊》跟《她的名字叫玫瑰》這些適宜作為暑期讀書心得的故事。而是有意識地閱讀，另一種質地的文字。長大的能力，其一就是「閱讀」，讀進另一種史觀，讀進其他可能再讀進他人。

就像是那成百上千冊，夾纏著青春期，伴隨初經與初（暗）戀的言情小說，那樣的存在。讀了絕不會增進武功與PR值，但很有益身心，也能簡單平衡在下午後總因為瀏海出油而深深自卑的日子。

這樣的文字，就像微微。

我在那樣的微小自卑都能毀滅世界的時間裡，終於認識了微微，雖然她不是我的小說書頭，但每一本偷偷傳來我抽屜底的言小，也都從她的手裡經過。我們的次元壁開始震動，出現裂縫。有些名字，在我們那段抽屜下的時光裡雷聲大響，像是席絹、于晴、黑潔明、左晴雯到凌淑芬，雖然嚴格區分起來，她是樓雨晴派，而我站隊綠痕。但現在回頭，汗跡未乾的下午自習課裡，我們夾在書裡看著與吞下的文字，每一句都有聲響。那是一見鍾情，警鐘大作的心靈演習，但即使是童年參加的演習，都可能比成年後的戰爭更銘心。

微微與我共享的交會和閱讀，止步於十八，我們轉身進入真正不同的次元，她不再需要讀與寫，人間本來就有太多比寫更重要的事，比如活著，以各種形態美麗歡笑地活。她也沒有陪我一起進入另一片書海，我們只是碰巧走過言小的光輝歲月，次元的缺口就此密上，我們的差別仍然像是早餐的口味一樣，她對我欣賞男人的眼光從不認同，我也總是對她的歷任男友一陣哆嗦，卻不知這原來是女子友情最好的平衡與錯開。

次元偶爾會迷走星際，也曾斷訊長達半年、一年，她談她的戀愛，我買我的新衣。但當訊號接起時，我總會明白，時間在宇宙中意義不大，意義不在能被丈量的長短裡，意義在交會片刻。我們再次的交會，是開始分享起彼此的下飯片，這樣的親密若分等級，大概只有與人相濡以沫、交換日記可以一比。

熱豆花的薑汁再也不夠了、蒸肉餅總少了紅蘿蔔、炸肉圓的油耗味是冷了以後也不能跑出來的，就像後來，任憑某些人寫得再上天入地、挑不出毛病，都再也沒有警鍾在心裡響起了。終於理解，即使同樣是《神鵰俠侶》與《天龍八部》，也非得是自己看的第一版本，才是經典，就像我的小龍女只能是九八年新加坡版的范文芳一樣。當眼淚變成了長時間閱讀後積在眼角的目油，我不願失去的亡靈們，終於越來越多。

片荒與書荒，這兩年發生得越來越密集，逼人只能回首從前。當《甄嬛傳》已再刷到數十遍，能默背出的台詞快要多過甄嬛時，我偶爾也會點開《微微一笑很傾城》，這是我無人知曉的品味，必須發生在無人知曉的地方。二〇〇九年顧漫這篇小說在網路上剛完稿不久，便被當時書荒的我一夜完讀。校園與青春、天才與系花、大神與女神，後來被拍成了連續劇，三十集的長度，最最沉重之處，不過女生間的小妒小氣。連繁花盛開、錦衣夜行的太虛幻境也比不過最最簡單的幸福美滿來得超現實，這讓我想到微微。

微微就是我所能觸及懷抱的世界裡，最超現實的存在，學院與文學、研究與書海，涼薄起來，總能攻心入肺；失倫起來，就如那些禁書一樣，他人都成為了地獄。所以更要珍惜俗世，以俗氣護體，或許才能走過字林極地蠻荒心靈。以武功區分，她大概永遠不能天下無敵、連英雄榜也後補不上，但她是一套祕傳心法，能讓人永遠不走火入魔、岔了念頭。可是她卻不甘心被我珍惜，被壓在藏經閣的最深處，向武林隱藏這套功法。

她曾經笑鬧著說，我從沒有寫過她，我寫過的女友們成了百花金釵錄，她們是百合薔薇水仙玫瑰，那麼她會是什麼？她可以當花魁嗎？於是我筆下的紀念館成了怡紅院，女孩全被她說成了小姐，這就是微微的本事，她不是花面女伶，而是星宿，是「破軍」。她能破文藝病、破憂鬱氣、破做作姿態，破我魔障。

十七、八歲時，我有一長段疏懶上學的日子，有時整日在家，有時中午到校，在滿座趴睡的同學間悄悄走進教室。回顧那時，日與夜經常錯位，人名與事件再重要也都沒多麼重要，那是我雲霧未散，雙腳還著不了地的日子，胸腹間似還沒長出心來。連老師都不理會我的後來，微微總還是堅持在早自習沒看到我時打電話，那些鈴響，都像她的著急叫喚，被我轉接到無聲與無處。

不知道那時的她，是否先我一步長成大人模樣。但若沒有那時的她，或許不只是我，我的心、肝、肺、腦啊的至今都不會長齊。高中最後一場大考來臨前幾月，我在家中閒坐電視前轉台，他們說著的第幾志願或是出人頭地，對我而言都遠得像那些在城市另一頭丘陵上、課堂裡的同學們，全都不足夠真實。直到微微來電。那是我人生第一次，直到三十好幾的現在依然可能是唯一一次，被人不以狀聲詞、語助詞，劈頭不轉彎地直接點名罵了一頓髒話，而平常的微微連一句靠都說不輪轉。

這通電話不會消亡，在很多我經常要被失敗抽走心神、雙腳離地的片刻，它都會強勢接通，把我留下，留在感知的極限裡。在逼我吐出一口氣急的心頭血後，為了不讓我看那漆黑血腥，而點了滿桌的米血炸豆腐甜不辣蘿蔔糕配上裝在巨大玻璃杯泡沫綿密的甜紅茶，逼我看向食物、看向她。配上一口薑絲夾上一筷子點心，塞進我的嘴裡，不忘問我一句：

「蔣亞妮，妳醒了沒？」

醒了，後來我一直都是醒著的。清醒的寫與面對他人的不清醒，後遺症也有一些，我開始對他人的悲傷、悲劇、謊言無所動心，會在讀完與聽完某人必須以藥助眠、以病聊生的故事後，從一個體內最深的地方，傳來「那又如何」、「不過如此」、「就這樣嗎」的反彈，我得耗上全部身心，才能表現得沒有異樣，才能看起來似乎如別人一樣溫暖。

不過是分手、不過是死亡、不過是出櫃、不過是被嫌棄與遺棄、不過都是愛不可得，誰還沒有呢？你爸爸不要你、他爸爸死了、她在窮苦中孤生長大……而我有兩個爸爸，一個總在嘗試不要我，另一個在無盡天涯外，不知死生長相名姓；也有兩個媽媽，一個死了、一個總在外頭，家外頭與心外頭。

若是有一天，我誤闖奇門遁甲中了心魔迷霧，這些與那些都能將我困死困老，輕易就秒掉了我。但是我知道，但是不可以，微微不要擔心，妳很早就提醒了我，政治不正確變得比真的不正確還更嚴重。為了不被海嘯吞沒，我早早就學會噤聲。在社群媒體噤聲、在網路隱身，把滿腔的熱血也好、黑血也行，全都逼回身體裡，不肆意流形。終於長成了人的形狀，微微幫我把獸角一起壓下，陪我戀愛、結婚、出錯、吃飯。

想起微微時，偶爾也會閃過與她初識時讀過的那些言情小說，像是曾引我心警鐘大響日夜不休的《破軍之戀》。或許再過幾十年，作者的名字依然會在我心裡消亡，但至少故事不會，在小說裡，女主角被預言是破軍星轉世，護國將軍傳奇命相，亂世之中，她終於學成替師傅出征，與宿敵交戰時，那人卻和她說：「妳雖穿著妳師傅的戰甲，卻未必有他的本事。」她沒有他的本事，那我又有什麼本事？後來的戀愛與後來的失敗裡，我也經常成為自己的宿敵，對自己狠狠發問。但小說裡，女主角卻只是一拉馬頭，旋身回答了敵人與自己：

「我當然沒他的本事，不過，我有我自己的本事。」

微微也常常順毛摸著我已看不見的獸角，誇我有本事。不久前，她因孕期無聊，買了幾乎全套的東野圭吾在家中讀，東野成為她另一個新男神，在此之前一位是韓國蘇志燮。新男神比新大陸還寶貴，聊天時她發現，我也看過，還能比照年表、說出延伸出的電影與電視劇，托東野的福，微微第一次無比認真地和我說：「在我心中，妳就像蔡康永一樣有本事，讀很多書。」我失笑拍起孕婦的手，涼薄世界裡，她如此溫柔。

直到現在，我依然也不確定自己的本事是什麼，甚至有沒有本事，那些時候，微微的電話總會再接通，她在時光的另一頭對我口出惡言，拍桌飆罵，將她能力所及的髒話全都送往我心，只為了告訴我，妳給老娘好好活著。

活著，即使得帶著不只自己的傷痕，帶著比看低還更重的期待，帶著藏在髮裡身體的獸角獸心，但至少活著，微微就還能對我笑著。

於是，她是破軍、是我的言情小說與醒世髒話，她總能破開天塹，在曾經裡與我的現在通話。那一個十八歲來臨前的早上，我們被彼此的惡言髒語氣哭再笑哭，不知道笑聲有沒有一舉傾滅掉所有未來可能毀掉我的機關城池。但是我已學會，在每次不能寫與無能愛的時候，先給自己來上一巴掌，因為老娘要好好活著。

輯四

寫字的人

不能寫的時候

遊記只能帶我爬梳，記憶卻能再帶我回去，
回到永遠比當下、比閱讀更細緻的場景裡，
那裡有時空的冰川凝結，一切都還在那，等我隨時回去，不著急寫下。

許多人和我說，人生就像一片荒原，但我想人生更像是薄荷島上的巧克力山丘（Chocolate Hills）。大多的日子裡，仍有覆蓋著的小小植被，雖不過是些低矮的綠草。而旱季一到，小草萎弱，只剩焦黃的土坡。

人心的不甘就在這時顯現，於是開始騙騙自己那樣的土色，如巧克力一般豐盛，而不是死寂。像松露巧克力的濃厚、黑巧克力的醇香或某種加入榛果或開心果的舶來口味。可惜的是，松露巧克力裡沒有松露，就如同禿頂的山終不是巧克力山頭，人生終究難逃一抔黃土。

花上了好幾十個夏天，禿頂的、茵綠的、顛倒的季節都一一走過，曾經最討厭寫旅行文章的我，卻怎麼也壓不住一些地景氳氣般的召喚，深怕不寫便無從記下，雖然能寫下的人事再真，也只是仿真。一直以來，我經常在閱讀他人寫下的街巷、轉彎、迷走與巧遇間，伴隨那些完整至牌號的街名與精確的吃食形貌，於書頁中浮起一個個大小問號，什麼樣的記憶才能把一次旅程如此完整再現？那些立體的與平面的文本，炫技也炫目不已。而我的旅程，在後來都成為了被分割至塊狀的片段，像是微波食品那樣，在逼逼聲中旋轉後，最多只還原了當時十分之一的氣味。

好長一段時間，無法還原的體感，也將我的創作切割分塊，必須不斷自問：「我能寫嗎？」有些靈感的瞬間，會覺得自己寫下了非得轉身給咖啡館鄰座陌生女子也看看的字，但大多時候，只是無聲敲打。從「我能寫嗎」成了「還要寫嗎」，從寫給自己變作了寫給他人，若有人在我人生此刻，提問來者何人？大概我只能答以賣字的人，而非寫字的人，就這麼跨越三十。

不能寫的時候，我把自己放在外頭，一邊走過巧克力山丘，一邊在心內高唱李宗盛的《山丘》數遍。在大海裡與鯨鯊浮潛，摸遍世界各地的狗子，搶到王菲演唱會門票的那些瞬間，都曾覺得就這麼不寫也沒關係了。世間沒有第二個千呼萬喚始出來的鍾曉陽，我所翻滾的這個時代早沒有傳奇，也願人生沒有遺恨。

第一次覺得不能寫的瞬間，是在拉薩哲蚌寺，二月冷如刀劍，每一座寺廟都像包場，除了我與同行友人便只剩僧人。比起布達拉宮沉厚的布幔、寒冬裡濃度變得極高的酥油燈和日光穿照的重重灰塵，哲蚌是彩色的，雪白、黑金與佛紅。總聽人說，那般的宗教聖地，能令人超脫俗世俗事。它是我第一座藏傳寺廟，第一次轉動高原上的轉經輪，嚮導人和我說著不遠處有冰川慢移，一年不過幾十公尺，好比歲月不動。我在哲蚌某座殿頂，看僧人晾曬出衣物，鋪成一片花綠燦紅，不知道有沒有超脫什麼世事，但第一次沒有書寫及訴說的衝動，只有大片的留白與無聲。

那些瞬間之後，總接著一長段的書寫無能，得靠著他人他事或哪裡讀到的一篇好到妒嫉的文章，才能從悠緩的暫停中解凍、融冰。

這樣任性不提不寫的週期，持續了好多年。如今想起那一個個不能寫的瞬間，也不是為了寫下，更像是一種中場整理。我終於觸著了一點那不能寫的時候、不能寫的感受，摸到了它的邊角料，粗糙冷硬。

二〇一六年有部日劇叫《東京女子圖鑑》，每集不過半小時，關於它是如何鮮血淋漓解剖當代女性的過程，先不提。記憶最深的是，女主角一次被上司指派去買銀座名店「空也」的最中餅，也是夏木漱石小說《我是貓》裡寫下的：「將糯米蒸熟後烘烤成薄脆的外皮，放入豆沙」，這樣的和菓子名物。她在旁人的提點下才知道，嬌貴甜香的「空也最中」，真正懂行的食客會選擇以紙盒盛裝，而不是更氣派的實木盒，如此才能避免木頭的氣味串入和菓子中。其實，人生不是巧克力，也絕不是百年名店的和菓子；真實人生裡，你我都活成了不懂提前預約、連零售和菓子都吃不到的海外遊客。然而，不能寫的失重感，就像是別人告訴你「木盒子會串味」，那樣的天涯兩隔。

我漸漸明白，狂喜與狂悲、至美與至惡，不只是說不成句，也寫不成字。後來，也曾經好幾次不能寫的、寫不出的，停擺幾週幾月。即使是無病呻吟也成空，一格字都沒有，只剩疏懶無成。在這種空白間，我卻持續地在能力所及之處旅行。第二本散文成書前後，與情人去了一趟美國公路旅行，公路電影的場景，卻半點如電影《穆荷蘭大道》（*Mulholland Drive*）般的魔幻參差都沒有發生，也沒有住進什麼藏有針孔、罪犯窩藏的汽車旅館，只有長長的公路和一大片追趕似的野火。野火不是比喻，而是真實的漫天森林大火，在那長長的九月裡，燒遍北加州的山脈，止也止不住。

某些移動，總帶有逃亡感，不知道是那場野火還是某種可供揮霍的殘餘時間在身後追趕，我們一路向南。某一晚車過聖塔芭芭拉（Santa Barbara）的海濱，已是夜裡八點，那台租賃來的現代小轎車彎進了一片海濱低谷式的平地裡時，除了隱隱綽綽的灌木叢，我什麼都看不清晰，夜色極黯。但手機的地圖顯示我已在聖塔芭芭拉的市中心，這城市的心像藏在一片鬱綠與濃黑裡，卻是我想像過數百次的他鄉之名。

這時才打開了手機訂房網站，試圖在一個個地圖小標般冒出的民宿中，找尋落腳處。夜裡的美國海濱城郊，浪與海都是黑的，漁火也避得好遠。淡季的小鎮市中心上只有幾間餐廳傳出闌珊歌聲，此外便是一片橘子貓色的市燈，有穿著嬉皮的老人彈著市政府刻意設在路邊的鋼琴，民宿卻在更遠的灌木叢裡。沒有招牌，是純粹傳統式的美國鄉村住宅，鋪著厚重的地毯、嘎吱著的木地板、蒂芬妮藍碎花的牆紙、椅在梯梁下筋脈俱廢的軟沙發，和滿室的肉桂味。

民宿主人正烤著任人無限吃到退房的各式蛋糕，已記不清有多少樣式口味，卻記得那些蛋糕一個個都被放進長著高腳的骨瓷蛋糕盤上，還有著《美女與野獸》中那株紅玫瑰的玻璃罩輕蓋上。擦得淨亮的蛋糕罐，與肉桂、蘋果的濃香和那一壺再平凡不過的英式早餐茶包沖出的濃茶，記憶不是長鏡頭的播放，它對我一格格地閃現。

我在很晚時才讀到白先勇的〈樹猶如此〉，和他寫下的聖塔芭芭拉，相比同代寫作者、讀書人，我像是擁有一本平行時空出版社的國語課本、啟蒙讀物。當某個寫著一手好字總自憐有著張愛玲身世的作者對我說起，她的啟蒙讀物是八、九歲之際讀到的《蒼蠅王》時，我卻只能學《遊戲王》裡的台詞，覆蓋一張卡，結束這個回合。好幾次，都慶幸自己在那麼大了才讀見許多告別與壓折的生命，於是懂得生命雖有盡頭，情深卻沒有，以此安慰自己人生，也能得過且過。

旅程指向海的方向，而不是山谷那方，這裡不過驛站般的過隙。我才在Google地圖裡民宿的上方，丟下了一個圖釘標誌，車使已開得遠遠，行往向海。我不過是在又一個適逢大旱的秋天，經過了那時的白先勇和那時的王國祥，和那道隱著缺口的加州天裂。

卻還是沒有走到那樣的心境，那樣的平淡絕決。

從時差的另一端，我的編輯M傳來新書的封面，那個情人說有著愛馬仕橘的封面就開在了筆電沒闔上。我走進有著老舊暖氣的浴室沖澡，這趟旅行的開始，在我剛辭去一份工作、回頭唸書的九月，水溫不穩中，我才發現過去幾年，不過是揮霍靈光般被逼得不行了才願寫下的我，以寫作者來說是不合格的。我身邊的那些同行者，一日一千、一千五百字，早餐後至下午或下午至天黑，不管寫著什麼樣的字，中意或是昂貴、歪斜或是免費，甚至論文都好。而我的一千個日子裡，不過留下了幾千組字詞與幾萬個字，還是滿打滿算湊出的。

像是聖塔芭芭拉那樣的一夜一日，沒有鬼怪與故事，只不過燈霧瀰漫、樹影與人影幌幌。我卻是怎麼都不願打開照片資料庫，拼湊還原它，那樣終究會寫進了裝著和菓子的木盒中。這樣的片刻，心裡會因著某樣光景，像引線點燃被通了任督二脈、爆開與失火，文字也跟著被焚燒成一片荒煙蔓草，總之都是寫不出來的時候。

於是不寫遊記，只寫記憶，因為沒有一段記憶，是沒有靈光的地方，我得這樣賴以維生地寫著。畢竟有時戀人比行人還匆匆，在表參道清水模牆邊攝下的相片，都唱成了Goodbye東京鐵塔的幸福。遊記只能帶我爬梳，記憶卻能再帶我回去，回到永遠比當下、比閱讀更細緻的場景裡，那裡有時空的冰川凝結，一切都還在那，等我隨時回去，不著急寫下。

在九月結束之前，那台租來的小車在一長段速限不明的公路上急駛，南方加州，車窗外是乾燥的令人能在車中一小時喝完一瓶礦泉水的氣候，水喝光時，末路一樣。沒有藍芽連接的車款，我只能在趕路時狂轉著電台，前面才剛播完一首Justin Bieber，馬上又被不知哪來頻段霸道的墨西哥西語電台蓋過，外面紅土黃沙堆著的山，便成魔山。在同樣記不清的某段州際公路尾巴，我早已放棄轉台，讓拉丁情歌一首接著一首，不知是因缺水還是電台暈頭的黃昏，我卻聽見了荒原的聲音。

是歐拉佛・亞諾茲（Ólafur Arnalds），冰島年輕的創作人，幾年前我曾在台北Legacy的舞台上聽過，便不能忘。他的第一張專輯完成時不過二十一歲，二十一歲的我不知還在哪處校園裡，轉著筆桿咬著嘴皮。而他的八首歌中，卻能藏有一整座冰島，內建極光與荒原，諸神的冰與火，已知如何在暴烈中優雅獨行。直到今日，我所走過的所有土地，也許都還無法還原他二十一歲時，呈現出的風景畫。

九月加州，我在不能寫的時候旅行，不能確定為什麼從金曲墨西哥忽然來到冰島。然而，卻忽然想起歐拉佛曾說過，他有時也會「困於語言的匱乏」，困於語言、忠於語言，也許匱乏的本身不是語言，是能觸及的極限，音樂和影像也是如此。

寫不出的不是文字，是我的極限。九月還沒結束之前，這漫長州際公路的兩旁全是沙石飛揚，山在遠方，海不知去向。我被這樣的地景逼得身體乾枯、心裡荒涼，音樂的聲音因為導航壓低了下去，野火不知燒在了哪，車速慢下。在日落之前，我們將會到達下一個地方，電台的收訊又開始嘈雜起來，我們向右切過一大片低地沙漠，在沒有盡頭般的遠方，應該有著一片等著被記憶的大海，升起了月亮。

當海岸線到來，最好加緊油門能多狠就多狠地踩下，把一切都記憶好了，才有記憶可以衝破。每一次不能寫的時間，都是為了讓我離開與再次回到生活，成為在時間上行走的人。

法拉盛學位

時光總厚待某些人，他們如此扛得起歲月，不易年老。
我說的不是肌膚與眼角的緊致上揚，當然也不是蘋果肌的飽滿度，
而是他的雙眼。

我考上研究所那年，雖不是什麼世界百大或長春藤等級名校，卻也曾經在長輩家人同儕間有過些微的騷動。大抵是，「喔，是那個不懂事的孩子嗎？」、「小聰明罷了，那個性將來還是要吃苦的」、「連大學都差

點沒畢業也能讀研究所嗎？」，云云種種，也差不多說清了很長一段時間裡，我這個人的位置。那個位置說叛逆也不夠，說討厭又不到，就是不上不下一個尷尬處境，好話輪不到我，罵人倒可以順帶上幾句。

我是那種非常沒有長輩緣的人，不過試著回想童年時期的自己，確實也不該感到委屈。記憶是隻百變獸，這次它成了幻燈卡，只留下了寮寮幾個場景，每一個都像預言也像寓言，縮影了過去，直指未來。幻燈卡匣裡藏有一格場景，雖然比起日後如漫天失火的心靈風景，它不過如開胃涼菜裡滾出桌外的一顆小小土豆，連撿起都嫌費力。但總能在我每次打開卡匣，抽出與加入新的記憶、喀噠的抽換中，看見那天。

媽媽在親戚前陪笑抽出信用卡，小小的我只記得某些夜裡媽媽跟我無意說起，這個親戚大姐總是叫她先刷卡，可媽媽卻從來沒有換回她的現金。我氣呼呼地抬高臉和媽媽說不要借她，她不會還，那些人跟爸爸一樣，什麼都要、什麼都不還。我的聲音大約響遍了那群大人之中，也響遍他們心中，幻燈卡片像是過熱燃燒，邊緣吞噬中心，只留下殘卷。很多年後，我終於悟得的教訓是，世上最傷人與催人長大的從不是責罵與懲誡，而是大人的眼淚。比拳頭重。

後來，我開始努力地笑著，當然也還是發生過幾次如漏電般的愚勇，國王的新衣，它若不脫下，最好誰都別說話。傻笑癡笑苦笑了好多年，總還是笑出抽筋的弧度，曾有善心長輩誠實以告，我的笑容，笑不如哭。但我不能逢人就哭，於是後來面對越是心裡珍視的、敬重的長輩或新朋友們，越是收斂笑容，慎重說話，卻經常在他們心中留下了某種並不屬於我的冷面評價。相近的評價累積，人總能習慣與誤讀相處，就也接受了這樣的自己，錯的自己。

考上研究所那年，回望所謂的青春，蔥蔥與鬱鬱，全是菜色，連自己都看得汗流滿面。因為轉學，班上一半以上的同學名字與臉都認不全；而我自幼似乎被神親吻祝福過的超長時間睡眠，也讓我不只錯過無數堂早八、早十的課，甚至期末大考。那當然也是我的一張幻燈卡，大度山頭上，路思義教堂邊木棉花開落得一地血紅，我錯失的那場考試，系主任必修學分的課堂，還得再坐上一整年。那個熟習康德與程朱的老師身影，將我請出研究室門並把它關好時，搖頭收回的眼神，並沒有將我心學變成美學，反而成了我那一年的驚夢，提醒我遊玩的時限將至。

那座學校裡，至今都有新生們勞作校園的必修零學分課，我並不討厭打掃，但討厭規範。於是把四期的時間，活生生延長了一倍，在霧氣與濕氣的青苔裡不斷打滑，拿著掃把，只清掃走了戀人與一些舊友，掃成了大度山上獨自前行與攀坡的一個人。我的第一個學位：大度山學位，拿得灰頭土臉。

而在它結束之前，我花費了一整個聖誕到春節，除了得到一張汽車駕照，還拿到下一個學位的入場券。雖然至今都不確知，哪一個比較有用。

大度山裡的我，曾在某堂心理學通識課上，聽早已退休只是回來講課的老老師說起人生境界。老老師不讀詩，講的當然不是王國維的境界，而是他自己的人間。他說：「人生有三階段，接受父母是普通人，接受自己是普通人，接受孩子是普通人。」課堂上的我，一邊吸了一大口校門外買的手搖珍珠鮮奶茶，一邊想我其實是很幸運的普通人，喝得了全糖，聽得了狠話。

感謝永遠有人比我早慧、比我識相、比我甜美。最幸運的事其一，幻燈卡燒毀後的下一張，我所讀的國中是當年市內唯二設有資優班的中學，國中二年級時，我曾經跟資優班的一些孩子在某個名師作文安親班裡同堂。當時我正進入第一場試驗好與壞的分界，跨不進去的，都得往後。我沒跨過去，沒考上名私校、沒進入前段班、沒拿到市長獎。那一年聖誕，過往總與我一同談笑的某個男孩，從對樓資優班的教室緩步走來，特地送了我張聖誕卡，那種為特殊學校孩童募款郵購的卡片，想來也一併送給許多人。他如行楷般體面的字，放到現在，絕對也是手寫字網紅等級，輕筆寫下：「小時了了，大未必佳」。

那是惡意，絕對的惡意，雖然筆觸是溫厚，卡片是祝福。惡意小卡第一次出現，但不是最後一次。小卡在後來的人生面裡，被隨意分發飛散，等到惡意終於變成日常，我已學會將那些小黑卡，混入記憶獸變成的幻燈卡中，洗牌再洗牌，收進卡匣，便非常接近遺忘。

關於第二個學位，我總喜歡叫它「法拉盛學位」。法拉盛，是紐約皇后區的一座華埠，有段時間裡，人們叫它「小台北」，小台北不在台北，正如同我的學位也與法拉盛相隔一個美國再加上整片北太平洋。

在所有生活的風景裡，我總是會被記憶觸動，凡是與記憶有關的，即使與我無關，都成了能一讀再讀的故事。所謂故事，自然是越遠的越新奇、越老的越珍貴。

法拉盛被作家的魔力，具象到最細緻，它也是曾經感動我至深，至今仍無人超越的已故作家陳俊志，他記憶裡那個孱弱微小的媽媽月娥，遠離家鄉與兒，背過身一直走、一直走、直直走回的法拉盛，是他想像中充滿光亮，卻又如此陰暗的月之反面。於是我認識了它。它也是章緣小說裡，雨天能吃上一碗台式湯麵、聽聽家鄉口音，離曼哈頓最近也最遠的一處桃花源，在那裡，人們都被賦予了保有一整個年代、挪移時空的能力。

或許真正的家鄉，已經歷無數次劫難，死不復生；又或許，舊鄉已隨新世界往前到比異國更陌生的遠方。但那又有什麼關係呢？始終可以自己創造一個，只要記憶還在。

就像那時的我還未踏上過曼哈頓，卻已能在論文裡隨別人的記憶，活在他處。曼哈頓、長島與法拉盛，是我很長一段時間裡紙上的心跳、字裡的生活。就像第二個學位一般，真實是如此不真實。

於是連那座校園的模樣都很淡，只記得中文系大樓裡每年都有人跳樓輕生的中庭，和傳說中住著鬼王的頂樓教室、演講廳。那幾年的記憶也很淡，曾以為是最無助與混亂的日子，後來卻成了流水帳一般，有多少錯誤，甚至都還沒有後來的日常荒唐。

也有多少人，真的在死亡中離去，在離去中死亡。死亡的那些，我想早已寫過，再寫就像挖舊屍骨，又怎麼寫得過最初，又何必非要寫過最初。離去的那些，開始是不敢寫，後來是想寫得更有儀式感一點，等好時機再來寫，最後千言萬語卻連一句都不剩下。因為不可否認的是，每一個人都在失去與重返、然後再失去再重返，當要重返的地方與人太多時，就會開始忘記其中一些路徑。朝花夕拾，很美很美，但總有一些花謝了，等你回頭去撿，就再也找不到了。

所以我喜歡法拉盛，就像之後我走過每一座人人都厭它俗媚，掛滿紅燈、漆滿金龍的海外中國城、唐人街，只備覺寶貝。因那裡的時間是凝結的，小台北比真台北任何一處最老的商城，更像我曾讀過的舊日台北。詩人還寫著、舞會還開著、故事都還活著。

法拉盛學位並沒有跟著被凝結，白日還沒過完前，我輕輕離開了它，走到了下一個學位，並且忠心祈願會是最後一個。白日雖未完，但也差不多走到了日影偏照的時刻，我終於在俗世的觀光旅行間，到了法拉盛。但寫過它的作家早早就已離開那處，小台北也被越來越多的韓國人、燒肉店、宮殿般的川鍋，變成了大亞洲。

皇后區裡沒有皇后，但曼哈頓的腹地裡倒是藏了一些離開的人。為了拿到上一個法拉盛學位，那時我也離開過許多位置，不像別的朋友一般，開始在聚會裡說起加班與加薪，或是YSL比BUBERRY更適合背去年會晚宴，比起Y或B，我更擔心的是投稿的那些ISSN期刊編碼，卻無人可說。

還有那段漫長無際幾乎凝結的戀情，我們先後交錯著離開，我走向東方的學院，他進了西方的學府。可能他也曾經走出皇后區的地鐵站，從上城出街幾星期轉去一次法拉盛吃吃中餐，卻已是我不知與不識的時空與他了。就像我所聞見的曼哈頓地鐵上沉厚近百年的灰味暖氣味與人汗尿味，即使曾經與之後他也坐上了同個位置，都不在同一個記憶裡面了。

一萬個人有一萬種法拉盛，陳俊志的、章緣的、我讀的、你活的都不是同一個。所以每個人凝結的時間，都不相同。

或許時光總厚待某些人，他們如此扛得起歲月，不易年老。我說的不是肌膚與眼角的緊致上揚，當然也不是蘋果肌的飽滿度，而是他的雙眼。你還能在他的眼裡看到靈光，它能追逐與說話，懂得真正看向他人。從前我以為那是因為他們擅於記憶，並從中榨取經驗，於是也決定這樣前行。但若記憶中有千億個現場，每個場景都開出一種花，繁花只會逸出心裡、吸乾回憶，堆成記憶的廢料。我才猜出，或許那些人，是敢於遺忘。你得先遺下那些帶不走的，忘掉所有不值得的，不管是誰曾經發給你的黃牌、紅牌或誤讀與小黑卡，全都留在那裡。

就像我的法拉盛與法拉盛學位，即使是一趟拉得如此遠的旅行，日與夜顛倒、月與星對調；或者是多麼不容易的幾年耗費，一切沒有盡頭般的往前，都仍有刻在心裡的瞬間與留不住的畫面。我才能確知現在，確知活著，並活過了從前。

我所真正擔心的，從不是再也沒有記憶可觀望。而是害怕，失去與它相反與伴生的遺忘能力，神話裡那條長長忘川最是珍貴之物，也不過一碗孟婆湯。於是法拉盛與大度山，皆要記得；死去的人，要記得；離開的人，就忘記。

我將在所有的時間裡、剩餘的時間裡祈許，不論寫或不寫，只願我永遠保有儲思盆與孟婆湯，不活成偏狹模樣。

散生，散人

用來黏補日夜、離別縫隙間留下的字，他們告訴我叫做「散文」。
人是散的、生與死也都散著，
每一種「散」，都透著不被祝福，除了這種。

十二、三歲的夏季，現在看來對世界滿是善意，可以在溽熱的日子裡不斷汗濕又乾，壓在人堆裡卻還深信自己不會太平凡。也是那時，我開始寫字，發現寫字比說話容易，話語經常傷人，寫字卻是傷己練習。開始，我在網路上寫詩，卻不是那些像風穿過原野、雨滴入矮河般自由的詩，我猜是因為我的眼睛總是看得很近、很淺，總是有限。

能模擬的世界只有書，我的房間裡沒有父母、沒有玩伴，當然也沒有聲音。這樣靜的童年，只有在讀字時能聽到些微聲音，比如唸詩與讀故事時，腦裡為你朗讀的人聲，她有繾綣的中低音，那時的我總以為是自己的聲音，卻在後來的錄音迴放裡，真切聽見，我與她不同。這當然不是什麼靈異體驗，說穿了，那道聲音是窮盡想像力的美好，就像文字裡，想像的自己。

那時，我只懂得寫古體詩，五言的、七言的，早在真的學詩、寫起小說、煉身為文的現在之前。文章尚沒有價錢，隱私還不能販賣，所以每一個字都是最貴最貴。大概網路與陌生人尚未被賦予身體，意志也還算抒情，欲望都惜我年幼。那是識字後，第一次大規模嘗試的造詞練習，雖然即使把整段童年榨乾，能從十二、三歲的女孩身上瀝出的，不過是幾十組千萬片拼圖套裝與翻到邊框全散的《全唐詩》，但我便這樣赤腳溜進無數論壇、聊天室裡，每次的開頭都是不言不語丟出一首詩，換得更多無語。

那樣的詩跟那樣的我，連記憶都抵制記憶。好在是經過了許多又許多年後，我才進了中文系，明白了詩不只是堆疊美文麗字，詩有格律平仄對仗，詩之前得先有詩人，它的美麗果然有所依仗。等到這時，我才開始臉紅，為不合時宜的自己與文字，更決心一個字都不會與人洩露分享。總是失去才想寫、後來才臉紅，大約就是我的寫作預言。

那樣的臉紅，比什麼都羞恥。翻掏人生，也只有大學時代，第一次參加早婚的同學婚禮經歷，能夠一比。二十歲的婚禮，賓客與新人都還是半個孩子，我傻樂著穿上全米白的短衣洋裝、素黑長靴，削薄到耳下的頭髮，配白色薔薇耳扣，多年後看照片才驚覺與外婆過世喪宴裡穿的同套同鞋。第一次包的婚禮紅包，想起時更是後悔到可以與這對新人死生不復相見，拿出紅包袋前的我思量，以不久前剛吃過的連鎖自助餐為參考，硬生生包進了八百，甚至覺得以菜色水準，自己盡顯大氣。

總是要到後來，我們才學會了如何去愛。也是後來，遠房親戚選了同間餐館，戶外的薰衣草原上我聽母親說起，以人頭計價，一人兩千二。我在同片草地的邊際，證婚馬車與涼庭前，滿面赤紅，有如春日驚雷，當年的菜色似乎還比今大更好些。

那對新人同學，雖不是那種多年後仍交好的關係，但直到現在，我已學會在字母酒店、國際品牌連鎖飯店挑高四層樓的大廳裡，包出合宜溫暖的紅包價時，都還會因想起自己的第一個紅包，而羞恥似裸。我所丟出的詩、包出的紅包，便是我的出場，不是背完《全唐詩》就能寫詩、不是菜色好壞計出八百元，不是你努力，就會得到。

習於得不到，寫不好，做不對，前前後後，超過十年。在某個時間的中段，我曾感覺是聚在一起的，精氣神與魂，能認真打扮與生活，認真地愛著，看得清愛人的眉眼，即使無法如歌詞寫的那般一生只愛一個人，但至少也做得到一次只愛一個人。

愛情與寫、夢想與寫，是三條完全不能相交的未來，我知曉很多人與我一樣，在三選一的路上，說走散就散。至誠地說，或許是前兩條路都被我走成了絕境，如今我才在這裡。我只能在這裡。

像耳道邊緣乾硬的耵聹，剝離長成，長成了蜷曲討好的人。哭泣與感動，禮物與付出，都是為了取信於愛人，最好換他發給我一張證書，證明我是個好人。證明我已不同於只看得見自己的父母，習得愛的能力。直到我自己都信了，其他人依然沒有。愛是如此，就不要再說夢想，早聽說成年人不談夢想。走第三條路，就得從自己寫到他人，從苦痛生出光，從淡薄透出深刻。每一次寫時，我感覺散得差不多的自己，會稍微聚攏，而這些用來黏補日夜、離別縫隙間留下的字，他們告訴我叫做「散文」。第一次聽見這名字，恍惚間生出甜蜜疼惜的心情。人是散的、生與死也都散著，每一種「散」，都透著不被祝福，除了這種。

我擇路而行，其實說穿了是無路可退。寫散文的日子裡遇見過很多男女，有些人聽說是「詩人」、有些被稱為「小說家」，卻沒有一次遇見同路者向我介紹時，說起自己是「散文家」或「散文人」。暗暗猜想，交換信號，大約連文字都散落無法成詞，於是只好不斷撿拾拼湊，裁切記憶，先求換得某種完整。

從那些寫字、賣字、惜字的男女身上，我也聽聞過一個地方，他們總叫它「殿堂」。文學若有殿堂，我的想像卻不是那些終生成就全勤的獎項、不是宇宙級或黑洞級的作家頭銜，我只知道若有殿堂，必經魔王。

夜裡熬字時會想，如果能閃避過魔王，那麼不進殿堂，也沒有什麼不好的。其他兩條路上的我，也都是這樣隔得遠遠對我喊著的。第一個魔王，它鎮守夢想一道，我感激它出現得早，只不過逼我棄新聞轉文學，沒有太多跌宕。第二個魔王，卻總是出現，有時傷我心、有時附我身，多年前我曾一度受不了它，只好先放下書不讀，跑去北京。北京的夜晚，許多人唱過寫過，卻什麼都沒有留下。我只顧聊賴著玩，玩不動時，第三條小路才開。

閃避著走這條路，不知哪個師長曾跟我說，散文全賴抒情。阿公叔伯、奶奶父母、愛人朋友與狗，全都是情，我卻只想高唱情字這條路，你的路跟我的路全不相同。有沒有一種選擇，不管是情還是文，都不要有人來說什麼可以、什麼不行。就像某次以看八卦之心讀見朱天心的採訪，她說：「我理解的自由，不是說你寫什麼都可以，而是說你還要有不寫的自由。」一見字如面，想把它抄下來貼在床頭，印成名片。

所有的文字都還在練習，就像所有的抒情不知何時變得濫情。雖然不再寫古體詩，也不冉和小羊一樣衝撞四處，被現世吃盡豆腐。但還是不忘在網路讀詩，尤其是那些斟酌收斂到極致的詩，看他人怎麼在四句、八句話裡，說盡我說不盡的。這樣的喜好，大約是我唯一的抒情傳統，相對於它，其他所愛都太過暴烈。

散開來後的生、散開來後的我，照片上看來有了些不同，大約不是老，而是頹了下來，能在笑得更好時，把心思也收得更好了。第一次意識到生之離散、人的潰散，是那場送別。A得搭上深夜的長途巴士，轉去遠方機場，一群好友裡只有我來送她，一路看她上車，剪票匆促，擁抱與合照都沒有，就想著車行時再揮手。可偏偏巴士的玻璃太暗，我找了半天沒看到她坐在哪，眨眼間，車一下就開走了。在那麼黑的晚上，我眼睛追著看都看不清的車影，淚水掉著，A的容貌在暗裡依然清楚，是那年的我。

我知道A沒有回頭，她正低首讀著那時網路上流行的一首詩，詩人寫著：「一望可相見，一步如重城。所愛隔山海，山海不可平。」她收起了第一聯，我卻得自己讀完第二聯，如今種種所愛，隔得也不只是山海人間了。在那晚之前，我總深信，所愛若隔山海，就算山海也得平。只是後來，都活成了紅著臉躲避。

魔王說：「不要說愛，才能長久。」於是我散著生活、散著寫作、散著成人，戒掉濫情，以緩緩抒情換寫得更多。這一次，我可以不去聖殿，這條路才不會到頭。

會有狗的！

思念是尋常，唯一不尋常的是，
我思念的人在此生與來世皆不可達的地方。
所以我從不思念人，我只思念我的狗。

歲次庚子，鼠年，宜不求籤、不問卜。

二〇二〇年的開始，陪友人在廟裡求了張籤，關公與玉皇在殿上，殿下的她手裡卻得了張下下籤，這一年的開頭似乎不太妙。還沒來得及寬慰她，瘟疫就圍封了城郭和人心，還有延續好幾年的流星雨，我說的是那如星體死亡軌跡般的盛大流星雨，無數名字在維基被加上了年壽終點，作家、球員、歌星、物理學家與至親……原來星星消亡時的震波與傷痛，是這樣洗刷著這幾年的時間壁。壁潔如洗，清亮卻是用喪白與觴透換來的。

在這樣潔白的傷停時間裡，卻體會了不出門的好。比如終於理解那把書房裡人體工學的椅架，是怎麼地貼合人脊；拆封了很早便宅配到家的包裹，有收禮物般的新鮮驚喜；或只是和家貓宅狗擁有一樣安謐沉長的睡眠，冰箱食物俱在，只欠貓沙（或磨牙骨），便似圓滿。

圓滿和純金是一樣的存在，竭盡力能，我們依舊只能靠近它。可靠近圓滿已是幸福，就像24K與千足金已稱純金。即使如此，每個人的24K金依然不同，有些人是美包與衣裙、音響與好酒、音樂或文學，我也同意這些那些全部的幸福。但這樣的幸福，於我是18K、14K金的幸福再稀釋。能讓我甘心服氣說出「我很幸福」的事物，不過是一隻暖洋洋、臭哄哄的小狗。再衰運的日子或多早起的工作清晨，只要一隻路狗的哈氣笑容、眉耳彎彎，便是世間的救贖。

誰叫世間情都是艱情，世人愛全似苦艾，這些都是籤裡解不出的。多年前的新年，我曾在龍山寺求出籤文光輝燦爛的上上好籤，以為那年應當手起刀落、風生水起，卻經歷了這一生，不，只能說是至今的一生中，最糟的大衰退與大陷落。孤獨如果量化，最擅於懷抱孤獨、安定自處的民族必是日本，網路曾經流傳一份孤獨量表，唯一比獨自去遊樂園和搬家更高的存在，便是一人開刀、一人住院。

上上籤的那年裡，我曾獨自搬家，甚至在退了麻醉的病床上獨醒，雖然面前是自己事先訂好的特製餐膳、雖然我對於獨自飲酒、電影與生活，總能嚼出樂多於苦。然而，相比走不了直路去廁所的暫時後遺症，令我真正第一次感到無比孤獨的，卻是一管點滴。當冰涼的液體流進身裡，心裡也會發緊，還有陌生的苦味，護士跟我說不可能由點滴嘗出苦味的苦味，卻真實地在我血管或是血氣裡發出。

我住院，然後出院，不管是誰都不知道的幾個日夜，依舊寫字、讀書與回信聊天，無人發現異狀。我終於以身試煉出，孤獨不是孤身，孤獨是意識到需要他人的瞬間。思念是尋常，唯一不尋常的是，我思念的人在此生與來世皆不可達的地方。所以我從不思念人，我只思念我的狗。

這是貓門大開、貓奴當道的現世，我當然也喜歡貓，喜歡他們的自在接近自信，喜歡他們的距離與腦抽，喜歡他們的方式就像喜歡自己，貓心總如人心，大約如此。但那樣的喜歡遠比不上無條件的愛，我愛所有世間狗，一黑二黃三花四白長短毛，天底下的狗子都是可愛到兩頰分泌口水的揪心總和。許多年前，我經常去家附近工廠的草地看一隻母狗生下的小狗子，他們全都有厚墩墩的肉掌，傻氣圓滾的鼻頭，以及無法以字以聲狀擬出的眼眸之光。野外母狗防心極重，我總是呆站在遠處等待落單小狗，自己向我投懷，擼上一把，便是幸福的極限了。那時的幸福總逼得我嘆氣，艱難就在氣息中消解，天地沖和。

某一場雨後，我如常去擼狗，母狗在草地來回嗅聞，腳邊只有一隻小狗跟著。我與母狗同樣焦心，直到我聽見工廠後頭水溝有聲，走近時溝裡散落好幾隻小狗，咿嗚叫著。不知是大雨還是人為，他們全掉進淺淺溝道裡，說是水溝，也不過是廠後田間的汙水管線，還好雨勢不小讓水清澈些，也還好雨勢不大沒淹過他們小小身軀。打去消防局求救的電話，在對方確定是野狗群後，沒了後續。

那日我穿著不久前才淘到的灰雪紡長褲，黑羊絨衣，甚至不是原單是正貨，沒有思考便將褲管折收起來，脫去坡跟鞋，跳下二分之一人身高的溝泥裡，抱起小狗，那水道裡的蟲汙或屎溺，可以髒了我，但不能毀了他們的眼神，不管這時那時，我都如此覺得。

小狗當然無法意識到逃脫，我抓著他們在水管下沖淨時，他們掙扎嗚哭，母狗已在一旁低吼，我只好匆匆放回他們。雪紡褲當然全毀，上衣勉強安好，而我的手與腳，後來起了無數紅疹，這些都是不值得寫下的瑣事。紅疹淡去後，我再到工廠邊，只剩下未退奶的母狗，夾尾遠遠看著我，辨不清眼神。小狗們一隻皆無，不管是水溝、車道或廠區裡，我細細走過，只有茫然。不很久的後來，我巧遇工廠房東太太，她一邊等著便利店的咖啡，一邊解答狗訊：「大概是工廠的外籍勞工吃光了吧。」她的語氣不是「竟然吃狗」的吃，是「全都吃光吃盡」的吃，我離開便利店時，再也吃不下任何東西。打字時指尖的微顫，持續了幾個鐘頭，至今沒再踏進那片工廠與便利店。

即使是從未收藏私有，愛與愛不可得，果然還是太強悍了。

其實我始終沒有自己的狗與貓，生命中的每隻狗，即使從小陪伴，仍然屬於他人。父親的狗、姑姑叔叔的狗、鄰居的狗，他們陪我走過的，遠遠大於我陪他們的。那隻父親的狗叫「妮妮」，擁有我姓名的尾字，因此我曾深深以為，她可以屬於我。直到我離開家鄉、再離開島國，遠方的國度裡，我無數次地害怕起來，十多歲的她，能否等到我回去家鄉，再捧起她懷抱她，聞她腳掌間香臭混雜的氣味？

這時我才懂得，她也不是我的。她的家不是我的家，她所仰望的人即使曾經是我，但見不到的日子，正逐漸跨越擁有過的記憶，狗生裡的一年半載都像永別。不是我的狗，對她來說才是幸福。

或許，是因為我始終沒有自己的家，雖然有過許多房間，但全都在別人的家。情人的家、父親的家、母親的家、賃居的家，裡面寬仄不同的房間，即使被我堆放了再多的書與心力燒出瓷淚般的字稿，仍不是染著我名字的空間。就像是借來的書桌，任桌面被自己占滿，抽屜打開，卻都是他人與前人留下的日子，我沒有痕跡，我始終要走。或許，我寫作不過也是因為生所有人的氣，生自己的氣。這一生，不，只能說是至今的一生，我總背著一套自己慣用氣味、品牌的保養貼身用品，四處移動。我知道，即使能一次買下兩套同樣保養品，卻無法同時買下三、四套或更多，這使得我擁有其實於生命完全無用的打包與計算衣物用品的能力。

所以我更無能去擁有得為他負責的生命，因我尚無能對自己的生命負責。移動成了比定居更尋常的日常後，我習慣愛少一些，喜歡多一點。既然純粹的物質與圓滿皆不存在，24K金的幸福代價又有點高昂，那麼14K金、鍍金與鎏金也沒什麼不好，我願活成一個鍍金的人，甚至是銀錫玻璃，三十歲自由業女子都無謂無畏。

此後經年，我已不求籤，因求籤始終得求，我更常為自己作籤解籤。方法簡易，當你遇到歹年壞運，或許只是解讀方式有誤，人生所缺不一定是成就，或許只是不想再用旅行袋，或許不過幾隻貓子狗子，貓保安康，狗鎮家屋。

歲次庚子，鼠年，宜人宅於家，家宅有寵。這一年的解籤，大約就是，任世界病氣弱氣，請相信自己，會有狗的！

我願意相信。

後記風景：「Wordscape」

這是我的第三本書，關於我與書，在前面的幾萬字裡，已足夠透徹淋漓。

所以我想與你聊一聊我的手機螢幕，數不清是五年幾個月，但大約經歷了三隻手機的壽命期，我的手機螢幕一直是日本攝影大師杉本博司（Hiroshi Sugimoto）的《海景》（*Seascape*）系列。

夜夢與白晝皆好的日子，我喜歡土耳其藍般不真實的真實海、浮沫中像會掉出孔雀綠與杜松石，無比鮮麗。沒那麼好的生活，尋常的生活裡，就是天空一樣的海，海很淡，分不清是灰階藍，還是藍調灰，在有與沒有之間卡著猜著，感到自在。當然，也有石墨黑壓底的藍，那是最深的海與最靜的時間，海底有什麼我不知曉，可心底卻藏有事物在召喚雷電，暈染一切。

我喜歡所有的海，在不同的海裡不斷呼吸與間斷寫字，它們沒有語言、沒有地域、沒有文學，能包裹一切最淡、最濃的字與淚。和杉本博司說過的一樣吧，「幾乎所有的黑白攝影家的底片，我都覺得濃度太濃。雖然底片上沒有的東西就洗不出來，但並不是底片上有東西就能洗得很淡，這樣想就錯了。越接近透明、黑色就越黑，直到變成漆黑。」

幾乎所有的文學，有時候對我也太濃了，濃重到變成文化，再拉長成文明。但我只不過是喜歡大海與地平線，想將那些地景（landscape）與海景（seascape）、笑裡藏刀藏淚都可以的word風景、文字風景，洗得越淡越好，總會有人看懂。

只要記住，一定要像在強風中屏息眺望大海一樣，看所有的美麗、嬉戲、多刺、暴戾都被隱入大海，隱入薄薄一紙，可能並不存在的「wordscape」。

2020.03

我跟你說你不要跟別人說

作　　者｜蔣亞妮
發 行 人｜林隆奮 Frank Lin
社　　長｜蘇國林 Green Su

出版團隊
總 編 輯｜葉怡慧 Carol Yeh
企劃編輯｜陳柚均 Eugenia Chen
行銷企劃｜陳奕心 Yi-Hsin Chen
封面裝幀｜馮議徹 Yiche Feng
內文排版｜張語辰 Chang Chen

行銷統籌
業務處長｜吳宗庭 Tim Wu
業務主任｜蘇倍生 Benson Su
業務專員｜鍾依娟 Irina Chung
業務秘書｜陳曉琪 Angel Chen、莊皓雯 Gia Chuang
行銷主任｜朱韻淑 Vina Ju
發行公司｜悅知文化　精誠資訊股份有限公司
105台北市松山區復興北路99號12樓
訂購專線｜(02) 2719-8811
訂購傳真｜(02) 2719-7980
專屬網址｜http://www.delightpress.com.tw
悅知客服｜cs@delightpress.com.tw
ISBN：978-986-510-061-2
建議售價｜新台幣320元　　首版一刷｜2020年04月

國家圖書館出版品預行編目資料

我跟你說你不要跟別人說／蔣亞妮著；
-- 初版. -- 臺北市：精誠資訊, 2020.04
面；　公分
ISBN 978-986-510-061-2（平裝）

863.55　　109002040

建議分類｜華文創作

線上讀者問卷

閱讀時眼睛
舒服嗎？
拿久了會覺
得手痠嗎？
茫茫書海中，
你能與這本書
相遇，絕非偶
然。
想知道你
喜歡哪些內容？
小小聲問，喜歡
這本書的包裝與
封面設計嗎？
(我們很喜歡)

悅知夥伴們有好多個為什麼，
想請購買這本書的您來解答，
以提供我們關於閱讀的寶貴建議。

請拿出手機掃描以下 QRcode
或輸入以下網址，即可連結至本書讀者問卷

https://bit.ly/2x1TRO2

填寫完成後，按下「提交」送出表單，
我們就會收到您所填寫的內容，
謝謝撥空分享，
期待在下本書與您相遇。

我跟你說
你不要
跟別人說